火夜

— La nuit de feu —

[法] 埃里克-埃玛纽埃尔·施米特 著
徐晓雁 译

生活·讀書·新知 三联书店

图书在版编目（CIP）数据

火夜／（法）埃里克-埃玛纽埃尔·施米特著，徐晓雁译. —北京：生活 · 读书 · 新知三联书店，2021.1
ISBN 978－7－108－06950－4

Ⅰ. ①火… Ⅱ. ①埃… ②徐… Ⅲ. ①中篇小说－法国－现代
Ⅳ. ① I565.45

中国版本图书馆 CIP 数据核字（2020）第 159995 号

责任编辑　饶淑荣
装帧设计　康　健
责任校对　曹忠苓
责任印制　宋　家
出版发行　生活·讀書·新知 三联书店
　　　　　（北京市东城区美术馆东街 22 号　100010）
网　　址　www.sdxjpc.com
图　　字　01-2018-7169
经　　销　新华书店
印　　刷　河北鹏润印刷有限公司
版　　次　2021 年 1 月北京第 1 版
　　　　　2021 年 1 月北京第 1 次印刷
开　　本　787 毫米 × 1092 毫米　1/32　印张 5
字　　数　88 千字
印　　数　0,001－6,000 册
定　　价　35.00 元
（印装查询：01064002715；邮购查询：01084010542）

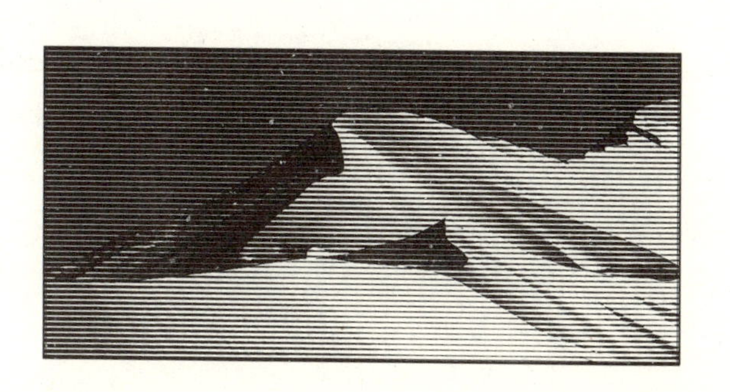

1

当塔曼拉塞特[1]出现在舷窗下方的那一刻，我想我立刻就爱上了这座城市。刚才飞机一离开阿尔及尔，我们仿佛就飞过了月球，只见绵延很多公里的干燥沙漠、碎石地和峭岩。吉普、卡车、沙漠商队留下的笔直印迹，犹如指甲在尘土上画下的一道道印痕。我已经开始怀念绿树、丰饶的田野和蜿蜒的河流。我受得了在撒哈拉大沙漠两周的徒步吗？我担心物资匮乏、遍地沙石、缺少花香的空气、四季不分的气候。也许因为我在天上俯瞰，才会判定这片大地贫瘠。但有时也会有一片绿洲突然冒出，棕榈树、无花果树和椰枣树围着小山丘绿成一团。我有些激动，喃喃

〔1〕塔曼拉塞特位于阿尔及利亚东南部，是塔曼拉塞特省的首府，面积很大，但人口稀少。

道："塔曼拉塞特。"但我的邻座纠正我说这是盖尔达耶或百果之城EI-古莱阿，抑或是因萨拉赫[1]。接着，单调再次占据了一成不变的大地……

经过半天飞行，塔曼拉塞特这个词终于从机长口中说出。此地的温暖出乎我意料：小城坐落于一片飞地中央，两道花岗岩石壁如弯曲的手臂，环绕、保护和凸显着这座小城。陡坡之间，散落着一些土黄色的方形黏土小屋，让我想起小时候为点缀电动小火车铁轨搭的积木房子。

我一只脚刚跨出舱门，这片大地的气息便迎面扑来，抚摸我的眼睛，亲吻我的双唇。这份轻柔的触摸，让我确信沙漠将会对我热情相迎。

我们把行李搬到旅馆，幸亏一块钉得歪歪斜斜的牌子标明了这座房子的功能，否则这建筑看上去与隔壁房子没有任何不同，除了门厅里有一张显眼的黄色木制柜台。

穆萨已在那里等着我们，他就是几个月来一直与我们联

[1] 盖尔达耶（Ghardaia）、EI-古莱阿（EI-Golea）、因萨拉赫（In Salah），这几处都是阿尔及利亚南方的城市和省份。

系的那名图瓦雷克人[1]，这位当地人通过传真和电话发送给我们写作剧本所需的各种信息。他身材瘦高，有些孱弱，披着黑色棉布长袍，棕红肤色。穆萨向我们投以真诚灿烂的笑容，那是通常对亲人才有的表情。他邀请我们去他家吃晚餐。

我对热情好客这事总有点不知所措，因为我在里昂——一座谨小慎微的保守大城市——长大。那里的人们一般要经过几个月，甚至几年的审慎考察后才会邀请朋友上门。把朋友带到家里意味着给他颁发了一张“可交往者”证书。而对我们一无所知的穆萨却兴高采烈地主动为我们敞开大门，更主要是因为他家并没有大门。

他的家隐藏于一条小路边，那里所有房舍看上去就如蜂巢的一个个穴。这座低矮的土房只有两个狭小的房间：厨房和一间客厅，我没有看见内室。穆萨的妻女只是隔着一道棉布帘子在准备晚餐。然而我却在这个家徒四壁、一尘不染、晚上变身全家人卧室的空间度过了一个美好的夜晚。这

[1] 图瓦雷克人（Tuareg 或 Touareg）是一支主要分布于非洲撒哈拉沙漠周边地带的游牧民族，是散布在非洲北部广大地区的柏柏尔（Berber）部族中的一支。以迥异于周边民族的文字、语言与独特的游牧生活出名。今日的图瓦雷克人主要分布在马里、尼日尔、阿尔及利亚、利比亚与布基纳法索等原本是法属殖民地的北非与西非国家境内。

里几乎没什么家具、摆设或图片。与之形成鲜明对照的是他们捧上的古斯古斯[1]，却是如此奢华、色彩丰富，那些肉和蔬菜如珠宝似的摆放在麦粉堆上。至于薄荷茶带给我的享受，不亚于一瓶上好的干红：微甜、麝香味、辛辣味，在口腔里形成一支味觉的法兰多拉舞曲，一会儿是异域风情，一会儿是熟悉的气息，一会儿又有点侵略性，以至我有点儿微醺。

屋外，夜色一下子降落，与之同降的还有气温。在二十分钟时间里，绛红色的天空倏地变了脸，缺少花草树木的地面也骤然冷却。随后黑夜完全占据大地，连风也被黑暗窒息。

油灯的火苗闪着微光，投在我们的脸上，就像为之涂上了一层金色液体。聊天在轻松愉快地进行着，热拉尔（电影导演，我是他的编剧）和我席地而坐，向主人提着各种各样的问题，后者用带着果味的磁性嗓音回答着我们。比他的话语更吸引我的是图瓦雷克人的那双手，细长的手指连着单薄的手掌，很像蜘蛛的爪子，忙碌地伸向我们，慷慨奉上食物和光明。我一下子就对这双陌生的手产生了信任。

我们谈论着图瓦雷克人的生活……即便穆萨在塔曼拉塞特有一处住房，他仍然是个游牧者，一年中有九个月在大

---

〔1〕 couscous，一种阿拉伯传统食物。

沙漠里迁移。他的房子只是一顶土砌的帐篷而已，与帆布的帐篷交替使用。所以他的财产（衣服、锅碗瓢盆）只需装进几个口袋，绳子一扎便可背着走。没有人需要椅子、床、箱子、门、锁和钥匙……

“那你的电话和传真机藏在哪儿呢？穆萨。”

他很得意，向我解释说他的姐夫在十公里外经营着一家旅行社，他去了很多次。很显然，在他看来，一部电话和一台传真机足够解决整个地区的需求，他神气活现地说他的亲戚就拥有这种现代化技术。在强调了一遍他家族的成功之后，他向我们描述我们将要穿越的景致。

“别丢富了〔1〕！”

他只运用这一个词“别丢富了！”

听上去，我们将进入一些“别丢富了”的地方，还有其他“别丢富了”。如果说这个词缺少变化，但他说话时眉飞色舞的表情，则提供了注解：这里会很漂亮，那里将极其雄伟；这里会十分恐怖，那里将无比和谐。他用丰富的表情，像个出色的画家为他的“别丢富了”涂上了一层色彩。

我们对传奇的图阿雷人〔2〕文化所表现出的巨大兴趣，在

---

〔1〕 原文 bioutifoul，实为 beautiful，穆萨发音不准的缘故。

〔2〕 图阿雷人，即图瓦雷克人的阿拉伯语音译。

其“形象大使”穆萨眼里，显得那么理所当然。反过来他从来不问有关我们的问题，有关我们的国家或我们的习俗。我察觉到的这一点，后来也被我们的旅途证实：在沙漠里人们不关心其他事，因为人所占据的就是世界中心！

二十二点，我们告别穆萨，回赠他同他给我们的“别丢富了”一样多的 thank you。

“再告诉我一下那旅馆叫什么名字？”为保险起见，热拉尔问道。

“旅馆。”

“什么？”

“就是旅馆旅馆，”穆萨笑着解释道，“不久以前，这里只有这一家旅馆……现在政府又造了塔哈特旅馆，但这取代不了旅馆旅馆！”

宁静的夜晚笼罩着小城，这宁静与紧接着黄昏的暗夜无关，仿佛这里早已习惯宁静……

顺着细长的红柳枝，我注意到下面有部分房屋是通电的。在围着油灯度过了一个澄澈美妙的夜晚后，再来看这绿色的荧光灯，制造出了一种肮脏、昏暗的丑陋光线。在我眼中这远不是进步，更像是一种缺陷。它的荧光惹人厌，怎么能如此晃眼却又如此黯淡？

我步履蹒跚……是浓茶、交谈、氛围（我也不知道）

让我沉醉？要么是长途跋涉击倒了我，或是环境改变让我不习惯？很多次我不得不扶住矮墙，我的脚踝不听使唤，一种莫名其妙的窒息感让我关节僵硬。

“你没事吧？”

热拉尔看了我一眼，担心地问道。

我有点狼狈，竭力掩饰着自己的心神不定。

“我很好。”

即便我抛出这句话是为了堵住他的好奇心，但我确实没有撒谎。我的失衡看上去是由于身体不适，可我却感觉自在、安宁，比起在每天早上匆忙奔波的巴黎时放松多了。我的神情恍惚反映的是我颇为忐忑的心境，我预感自己进入了某个关键地带，有一个地方在等着我，或者我在等着那个地方……

“晚安。”

“明天见。”

“明天早上七点半在大堂见，埃里克，别忘了。”

“我会调好闹钟！”

回到旅店，进房间前，我在庭院抬头看了看天。

苍穹如盖，群星闪烁，如此逼近，如此灵动，触手可及。无垠在向我微笑，瞬间我觉察到我将遭遇某种非凡。遗憾的是我已筋疲力尽，眼皮打架。太晚了，没有力气了……我踉跄着按原计划行事：上床睡觉。

走进卫生间，我惊扰了六只蟑螂，它们气愤地在粗糙的砖地上四处逃散。水管子散发出裹脚布和排泄物的臭味，我不禁捏住鼻子后退一步。在这儿不是洗干净，而是越洗越脏。再说了，我有那么脏吗？况且我一个人睡觉……

尽管我没有洁癖，还是不敢去碰那个水龙头，只是换上另一件留有薰衣草香水味的衬衫，给自己一种干净的错觉。然后就蜷缩到床上（其实就是一块薄薄的海绵垫放在一个水泥平台上），也不去管脏兮兮的墙面还留有被拍死的蚊子。

我沉沉睡去，并不是为了急着离开这个世界，而是为了更快找回它。

显然，我并非来到一个未知的国度，而是抵达了某种应许。

2

早上我从来都醒不透，一部分的我还被黏滞在睡梦里。大脑迟钝，恍恍惚惚，不知身在何处；四肢移动困难；词汇贫乏，记忆缺失；有时甚至连自己的名字也记不起……每天我从黑夜尽头醒来时，就像一具搁浅在退潮沙滩的尸体。在一段模糊的时间里，我处于空白状态，我意识到自己意识的存在，里面却是空的。随后我的身份才按着自己的节奏晃晃悠悠地回来，就像吸水纸上的水渍慢慢化开。过一会儿，我才发现终于又成了自己。

在旅馆旅馆的这天，我也难逃这规律，早晨就是一种“灾难”。

睁开眼睛时我不想立刻起床，光线刺痛了我，如此强烈！我伸手按下闹钟，眼睛扫过米色的粗灰泥墙，微风吹动窗帘在墙上投下舞动的影子。我这是睡在哪里？外面传来些响动，有压低嗓门含混的说话声，有鸟儿清脆的鸣叫声，有盖过刺耳轻便摩托车声的猫儿生气的尖厉喵呜声。

这是在哪儿?

蚊子成群结队绕着我的耳朵嗡嗡作响，不依不饶地飞，这些小密探仿佛从没见过法国人似的。

阿尔及利亚……塔曼拉塞特……跟热拉尔一起旅行……

我长出了口气，很高兴发现自己就住宿在大沙漠入口处，很高兴天亮了。

不过还是有什么事让我觉得不对劲儿，是什么呢?

一声汽车喇叭声让我恍然大悟：这里缺少所有城市固有的嘈杂，街上也无车水马龙。我就像在乡间一样能立刻辨别出汽车的声音。通常，城市的混乱带来更多噪声而非安静，而这里的噪声只是寂静底色的些许点缀。塔曼拉塞特，一个世纪前还只是给帐篷游牧者提供水源的这片平原，依然保持了作为稀有城市的尊严。

现在血液在我的皮肤下重新流淌起来，我的脚踝、手、脖子，处处难受。我喂饱了那些蚊子，成了它们的美味大餐……

我的昏沉让我对蚊子的折磨有点麻木，我又闭上眼睛想再赖一会儿床。已经早上七点了！为什么？肯定哪儿出了错。我趴在床上，试着抬抬我的脑袋、腿和胳膊，似有千斤重。我还能把它们抬起来吗？它们已经不听使唤了，我有足够的勇气强迫它们一起行动吗？

走廊里传来热拉尔高亢的声音：

“埃里克，别忘了今天上午我们要去珠宝市场看看。”

我中断了让自己合理化赖床的沉思，滚下床，走进浴室。蟑螂被打搅，显得怒气冲冲。我后退一步，一边防范着它们，一边用爷爷奶奶留下的方法，站在台盆前用手套毛巾匆匆洗了把脸。

我在同时兼作餐厅的大堂找到了热拉尔。我在吞下一杯苦咖啡后，在面包片上涂一层蜜枣果酱，尽管标明是果酱，可我只吃出糖的味道。

在我大口嚼着食物时，热拉尔在一旁翻阅有关这个地区的书籍。我瞥了一眼书封，这让我检测到自己此时还不具备阅读能力。

穆萨出现了，满面春风，比昨天更显快活。他把我们带到一辆从他姐夫那里借来的黄褐色吉普车旁，自豪地介绍他的车，就如同在介绍某位亲戚。我坐到后排，仍有些呆头呆脑。我们紧接着就出发了。

我以为早已随童年一块离去的晕车病，现在又回来了。道路坑洼不平，穆萨为避开凹坑，把车开得跌跌撞撞。我的五脏六腑已被搅得翻江倒海，胃里的东西几乎涌到喉咙口。我时刻都想着要跳下车，不得不紧紧抓住车门把手以避免自己的冲动。听着马达的轰隆声和感受到的前冲力，我猜车速至少在每小时一百公里，而实际上顶多每小时二十公里……

穆萨在一排瘦骨伶仃的小树前停下。

“到了，朋友们！”

这个珠宝市场与旺多姆广场[1]没有任何可比性。城边灌木林中辟出的一块长方形硬泥地上，几顶帐篷支在飞扬的尘土中，铺开的布上放着一些货品，塑料袋代替了首饰盒。

挤在那儿的似乎只有售卖者，我觉得我们可能是唯一的顾客。更奇怪的是男人们来来往往，却无女眷陪伴。虽说大多数首饰最终流向女人，却不是她们自己所选。

穆萨把我们带到几个正在备茶待客的商贩跟前，他们把手镯、项链、冠型发饰、戒指等一一铺开，指望着我们会购买。该如何向他们解释呢？我们是为拍电影而来的采风者，欣赏一眼这些东西足够。可是在赞美过这些物品的美丽之后，却什么也不买，似乎有点说不通！图瓦雷克人锲而不舍地推销着他们的商品，气氛越来越紧张。为了说服我们，他们指

〔1〕 巴黎市中心一处有名的广场，周边都为著名的奢侈品珠宝店。

出这些礼物将给我们的妻子、女友、姐妹或母亲带去巨大的快乐……我开始感觉自己是个不称职的男人：我的职责难道不就是通过带回一些小玩意儿来表现我的男子汉气概？

穆萨察觉我们对此并不感兴趣，便把我们带到几个伊纳当部落[1]的工匠面前，他们正在锻造一些装饰用的匕首。也许我们会对男人饰品感兴趣？穆萨急于揣测我们的心思，眼神里流露出一丝不耐烦。

氛围有点儿尴尬，出于怯懦或者说出于善意，我折回去买了一副耳环，热拉尔则讨价还价买了一把精工制作的短柄匕首。

这让穆萨松了口气。

“你们很高兴吧？”

“是的。”

“真的很高兴？”

“这些首饰带回巴黎大家会抢破头的。”

“我也很高兴！”

他是有些怀疑自己，而不是对我们……

我们重新坐上吉普车，朝下一站出发：夏尔·德·福

---

〔1〕Caste Inaden，图瓦雷克人按部落、职业或社会阶层有不同的名称，Inaden 为专门从事铁器打造的工匠。

科生活过的土堡和小教堂。

当太阳晒红我们的肩膀时，热拉尔与我激动地对视了一眼。夏尔·德·福科！我们紧张得有些颤抖。夏尔·德·福科，是占据了我们多少阅读时间、工作时间甚至梦境的勇士；夏尔·德·福科，我们想了解关于他的一切；夏尔·德·福科，一位白人隐修士……一个世纪后，我们来凭吊这位英雄留下的足迹，并为此创作一部电影剧本。

真正的旅行总是由想象与现实的碰撞构成，处于两者之间。如果旅行者没有任何期待，他只能看到眼前所见；相反，如果他已在遥想中塑造过那个地方，他就能看到更多呈现，甚至可以通过当下捕捉到过往与未来。即使他也可能体验到失望，但总比一份简单记录更丰富、更有收获。

吉普车颠簸着，我仰头看天，让脸颊迎着白天的灼热。我闭上眼睛，沉浸到引领我来到这里的一系列事件中。

是什么机缘把我带到了撒哈拉？

我二十八岁，在萨瓦大学教授哲学。作为年轻讲师，我的职业生涯前程似锦，因为身为巴黎高师毕业生、拥有哲学教师资格、哲学博士，我很可能有机会在索邦大学，甚至在法兰西公学院谋得一席之地，如果我相信学长们的恭维的话。

然而，尽管我喜欢自己的专业，却不怎么信任别人在前头替我指明的道路。这就是我的道路或是我学业的必然结果吗？这是我的生活还是他人的生活？

成年人或许会按部就班，但孩子不会。我很小的时候就表现出对于创作的渴望：制作木偶，涂鸦漫画，钢琴作曲，写作故事，偷拿父亲的摄像机和照相机，在高中时写作剧本登台演出。而我的学业在造就我的同时也在让我走样。我学习，学了很多东西，只是学习。它们巩固了我的记忆、我的知识、我的分析综合能力，却让幻想、激情、想象力和自发的创造力荒芜了。

一年以来，我感觉到一种窒息。

虽然为了通过考试和取得文凭，我苦读良久，但感觉自己已成为这些成功的人质。如果说成功让我有安定感，但它们也让我远离了自己。

远离自己？

不！即使这一点，我也不敢保证。

我……

这个我，到底是谁？

我在这个世界上有什么要做的？

在这种状态下，我在教课的同时进行了另一项工作。一个剧本不知不觉从我笔端流出，《瓦洛涅之夜》，那是一个系列的模仿之作，类似不同风格剧作家的奥赛罗的故事。我把我的文学习作寄给一位有名的女演员埃德薇姬·弗耶尔，我有她的地址。后者立刻被剧本吸引，仁慈地向我打开了戏剧和影像世界的大门。

在读到我的剧本后，戏剧兼电影导演热拉尔给我打来电话。

“你对于写一部关于福科的电影感兴趣吗？”

“哪一位福科？思想者还是僧侣？”

“你更喜欢哪一位？”

“两位我都感兴趣，不管是米歇尔还是夏尔。”

“可他们俩没一点相似之处。”

热拉尔说得真对！米歇尔·福柯，夏尔·德·福科，前者备受关注，后者不是；前者是哲学家，后者是位谜一般的人物；前者是无神论者，后者皈依上帝。前者为争取同性恋权益而斗争，后者在经历了与多个女人的关系之后选择了恪守贞洁。人们无法把截然相反的个体混为一谈。两人唯一的相似处：都是在令人扼腕叹息的情形下去世。米歇尔·福柯被艾滋病病毒夺走了性命，而夏尔·德·福科则被身边人刺杀。

我向热拉尔承认说，出于种种缘由，这两个人物都非常吸引我，每一位都让我深思。

“我们感兴趣的是夏尔·德·福科。”热拉尔终于不再卖关子。

“为什么你要拍一部关于他的电影？”

我一点没有意识到自己的莽撞，我颠倒了角色，倒让自己成了提问者。

热拉尔用一种诗意的、发自肺腑的、模糊而又真诚的方式向我解释他对夏尔·德·福科的兴趣。后者是殖民时代的法国军人，受到上帝感召，出发去了阿尔及利亚，既不是为了去征服也不是为了传教，而是为了与图瓦雷克人生活在一起，最终为我们贡献出包括他们的诗意、他们的传说、他们的法律以及他们语言的第一本字典。

第二天我们见了面并聊了很长时间的修道士福科。晚上，热拉尔就打电话给一名经纪人，我得到了一份编剧的合同，而我之前从来没有写过一行字的电影或电视剧剧本。

这就是为什么热拉尔和我，在经过六个月的资料收集、讨论和撰写后，来到了撒哈拉大沙漠。

多么大的反差！

两位艺术家追随一名神秘主义者的脚步！

两个巴黎人试着弄明白为什么一名富有的贵族继承人要为穷人发愿，矢志不渝地爱他的同类，最后归附于图瓦雷克人——那个时代令人害怕的民族，因为他们流浪、神秘、无法接触、没人了解。热拉尔和我都不属于任何教会，如果说我们会循着福科的足迹来到沙漠深处，完全是被一位高度人道主义者、一位普世智者所折服。这位智者并不要求我们是基督徒才能获得启示，他可以被所有人、所有文明所认可。

汽车在“护卫舰”[1]跟前停下。

一条狗在棕榈树下撒尿，眼神空洞。母鸡们“咯咯”叫着。两个闲逛的少年停下脚步，竭力想知道倚着吉普车的我们，到底在对什么东西如此感兴趣。

他们没错。我们面前有些什么呢？是歪歪斜斜垒砌的一堆石条，长六米，宽一米七五，树枝搭成的屋顶一人高。在它周围，城里排列着的几百座房子比这宽大多了，造得更好。

然而，这个造得如此蹩脚的六面体，却是1905年时塔曼拉塞特的第一座房子。就像从前人家说的，这片绿洲只有二十盏“灯火”，也就是说二十间芦苇搭就的草棚。夏尔·德·福科选中这个地方，因为他觉得这里是被法国殖民文化遗忘的地方，并且他希望继续如此。他深信不会有人来这里布置任务、建立守卫部队、安置发报机，他也就可以按着自己的意愿，为当地居民作出贡献。

---

〔1〕“护卫舰”是夏尔·德·福科给他所建造的房子起的名字。

为了向他的上帝表达敬意，他造了“护卫舰”，一半用作礼拜堂，一半是圣器储藏室。随后他在边上还造了一间草房，用作寝室、餐厅、厨房、接待室和客房。当然草房现在早已不在。

塔曼拉塞特，这个从前只有四十个人的小村庄，如今已有十万之众。卡车与骆驼争抢道路，柏油马路上覆着锈红的泥巴。塑料袋被风从沙漠吹来，围着干枯的蓟草打转。喷泉雕塑正朝天空吐着珍贵的水珠。夏尔·德·福科错了，但我坚持以他的视角，1905 年的视角，来看待这个地方，看待硬泥地上的一座孤零零的简陋房子。

“重新造一间！”热拉尔拍板道。

“什么？”

“布景，拍电影的布景……”

这就是想象的力量：如果说我看到的是过去，热拉尔则看到未来，看到他电影的拍摄……

我们出发去土堡。

炎热加剧，腋下、腰背、腹部的汗水在我的衬衫上留下一摊摊水渍。裤子压迫着臀部，烧灼着裆部。热拉尔难以忍受这气候，脸色涨得发紫。我断定我们的衣服不适合这里，所以非常羡慕路遇的穿着阿拉伯长袍的那些人，他们可以自如活动手脚，不受高温窒息，宽大的袍子不会妨碍身体的任何部位。他们闲庭信步，干净整洁，有着一种汗流浃背、灰头土脸的我辈所无法企及的轩昂。他们是怎么做到的呢？甚至连穿着镂空凉鞋的双脚都是那么整洁！说起来，我们欧洲人还一直有种高人一等的优越感……

土堡威严耸立，血红色黏土筑起的防御工事，封闭、没有窗户，雄踞于堆堞之上。它证实了这个世界的粗暴：夏尔·德·福科没能继续他理想中的简单生活，他不得不筑起土堡保护村民，抵御外来游牧者的抢掠。是理性打败了他？不，是暴力。那种原始地、野蛮地掠夺他人财物的凶猛暴力，毫不在乎地肆虐。

土堡揭示的失败还叠加了另一个悲剧。那是在 1916 年，夏尔·德·福科被一名他认识且帮助过的年轻人，在头部打了一枪。实际上，尽管这座高傲的建筑物看上去很雄伟，但只叙述了一件事：人与人之间的不和谐。

"可以做到！"热拉尔宣布道。

"什么？"

"只需恰如其分地架上摄像机，抹去一些细节……就可完美无缺！"

热拉尔喜欢这个悲壮的结尾（他电影的结尾和福科的结尾）。他让我把这部分反复写了多次，要让结局令人难忘。而我，想抹去的并不是那些细节，而是那个关键——一位圣徒的不公平死亡。

“我知道你在心里嘀咕什么。”他从牙缝里挤出一句。

“好极了，因为连我自己都不知道……”

“你在思索福科的命运，你想让爱改变世界。”

“你不这么想吗？”

他拂去嘴角右侧的碎木屑，凝视着守护城堡入口的厚厚防御工事。

“我与你一样希望美好的感情能够获胜，但我接受这实际上是行不通的。”

“所以你接受彻底失败？”

“我接受不断的抗争。我认为，胜利已经包含在抗争之中，而不在于结局。在不抛弃目标的前提下，我抛弃胜利的幻想。”

“我很愿意这么想。”

“你二十八岁不能这么想！相反，当你过了五十岁，你会看到构成一场战争的动人之处，既不是胜利也不是失败，而是战争的理由。”

我默然，以掩盖他这种逆来顺受是多么让我烦恼。他许诺给我的是怎样的未来呢？温和反抗者的未来？

“快十点了，我们得去徒步队伍集合。”

热拉尔嘟哝着，他多么想这次旅程只有我一个人陪伴，不过现实主义强加了它的条件：在巴黎专业旅行社报过名的十位旅行者，将共享这次远行。在经过第一天晚上的自由行动后，我们将加入一个团队，他们的飞机已经降落。

穆萨把我们带回旅馆旅馆，我们取回自己的双肩背包。我在离开这个之前一点也不喜欢的房间时，竟然有了一丝不舍。关上房门，心头一紧，我即将离开我的参照系，人为建造的世界，离开住宅中的一切：结实的床、有自来水的盥洗室、隐蔽的厕所，隐私和自由。接下来的十天，我将属于一个团队，不停息地行走，在户外吃饭，露天排泄，几乎不能洗漱，睡在美丽的星空下，暴露在蜥蜴和其他野外危险之下，就像一名游牧者。

我，游牧者？

一阵恐惧令我打了个寒战，双腿哆嗦了一下。

游牧者……我能忍受这一切吗？

3

“保罗、安娜、马克、马蒂娜、托马、让-皮埃尔、塞戈莱娜、达尼埃、热拉尔、埃里克-埃玛纽埃尔。”

徒步小组十个人的名字刚被导游点了一遍。当他跳上一块大石头向我们喊话时，我张大了嘴巴。穿越几千公里、抛弃文明社会、深入阿尔及利亚南部，难道就是为了来到一个披着金色卷曲长发、叫作唐纳德的三十岁美国人跟前？他一面说着我们的语言，一面嚼着口香糖。太意外了！他的名字、国籍、冲浪运动员般的身材，一切都让我觉得不对劲儿。

“我是你们的领队，必须服从我。否则……”他指着草丛中一具发亮的山羊头骨说道，“你们的下场就跟它一样。”他看着那具骨头笑着说。

唐纳德表现得很友善，但仅是职业化的友善，兴高采烈地指挥着，时不时递几个眉飞色舞的眼神，抛几句俏皮话，但其效果让我怀疑它们已经被用烂。

“做个演好自己的演员可不那么容易。”热拉尔低声揶揄道。

唐纳德既热情又卖力，把他重复了许多次的场景装成即兴发挥的样子。

在说了一通欢迎词后，他向我们交代安全须知。我不听他在说些什么，倒更乐意打量那些正在听他说话的人。我们的八个同伴，年龄介于四十岁至六十岁，穿着不起眼的运动服。他们苍白灰暗的脸色，说明他们刚离开二月初法国的冬天；他们昏头昏脑地听凭摆布，表明他们刚下飞机不久，还有些迟钝。

在交代完可总结为“亦步亦趋跟着我走”和“不许走散”的规矩后，唐纳德开始解释我们的线路，我就更不想听。当别人对我细化时间安排时，我总有一种被囚禁的感觉，仿佛一呼一吸就是为了填满空隙并让计划生效，自己却停止存在。更糟的是，如果有人告诉我这份体验最终将如何结束，我可能会退出行程。

今天回想起来，我很后悔当时没有仔细听唐纳德的嘱咐。后面的旅程将证明他是多么正确，我错得多么离谱……一场考验几乎要了我的命。不过暂且不表。

在他细数此行的每一个步骤时，我环视着周边稀疏的热带草原。吉普车刚把我们放下的这地儿，离塔曼拉塞特八十公里，每隔五米或十米，分布着一堆堆巨石，形成一道天然围嶂，但从门廊似的空隙里还是看得见地平线。一些单峰骆驼从银白色的草丛里经过。

真是些奇特的动物……小时候我在动物园见到它们时，觉得它们是残疾动物。比起马或驴子，它们汇集了各种丑陋：既瘦又肥（瘦骨伶仃的腿和鼓胀凸起的背），皱纹让它们看上去既年轻又衰老，身上既长毛又光秃秃，毛发只局限于胸背部。脖颈处软塌塌没一点风度，仿佛有一把斧子劈开了宽大的胸膛和弯曲的脖子。皮包骨头的四条腿关节部位鼓出，连到过于宽大的脚掌。最后，尽管身形庞大，却顶着一颗小小的、扁平的、丑陋呆滞的脑袋：上下两片厚厚的嘴唇，张开的鼻孔，凸起的眉骨下是黯淡无光的瞳仁。它们顶着的那颗脑袋活像离镜头太近的脸部照片，即使远远看去，单峰骆驼的脸总有点离镜头过近的变形感。

在这里，在非洲，单峰骆驼却给我完全不同的印象。它们安静、自由，有一种懒洋洋的优雅，迈着富有弹性的步子在草场走来走去。一些骆驼躲在刺槐的树荫下，另一些扯咬着蓟草叶，还有一些把脸凑到树枝跟前啃着灌木。它们小心翼翼地啃咬着这里的一朵花，那里的一片叶子。它们尊重植物，以便让植物的生命可以延续。它们沉默、几乎静止不动，仿佛变成灌木丛中的高大植株，散发着植物才有的安宁气息。如花蕊般的长长睫毛，遮挡着它们温厚的目光。

五个阿尔及利亚人不知从哪里冒了出来，冲过去抓骆驼，骆驼们惊恐地叫了起来。

我非常震惊，转向唐纳德，未及开口，他就解释道：

"我们的朋友要抓三匹骆驼，让它们驮上我们十天的食物。我们需要它们，路上可没有超市。"

"当然……"

"你别担心，这些动物早已经习惯，一切会很顺利。"

确实，骆驼们并未怎么抵抗，先是慢慢退到一旁，似乎表示了屈从，接着被套上索套。只有一匹浅褐色、身形高大的骆驼发怒了，就像背负重物时那样口喷热气、露出牙齿。

"留下这匹吧，它在发情期。"

公骆驼前冲几步，又折回，犹疑着，时而趾高气扬，时而垂头丧气。阿尔及利亚人没去管它，牵着另三匹有着漂亮驼峰和完美足底的骆驼来到吉普车旁边，命令它们跪下。

第一匹焦褐色的骆驼，开始弯曲前腿，几乎就要跪下时，突然惊慌地嘶叫起来，动作失去控制。因为驯驼人的坚持不懈，骆驼的后半个身子终于也跪下，膝盖全部着地，屁股与前胸处在了同一水平线。这牲口呼了口气，让肚子上的小肉垫紧贴着沙地。另两匹骆驼的动作未见得更流畅，总是交替着急躁和迟疑，就像发炎的关节，拒绝履行功能。

“Taghlasad！”

一位穿着蓝色棉布长袍的先生，带着灿烂的笑容迎接我们的到来。

“Owyiwan！”

他兴奋地说着什么，尽管怀疑没一个法国人听得懂他的话，他还是自信地说着，表情生动，目光热烈。有趣的是，他越是吐出一些我们听不懂的话，越显得有说服力。他坚持与我们交谈，表达的是他对我们的尊重。其实我们应该恳求他打住，但鉴于他对我们的尊重，我们只好硬着头皮听下去。

当那个人终于闭上嘴巴时，唐纳德充当起介绍人。

“阿贝格是我们的图瓦雷克向导，霍加尔[1]人，出生于一个照亮撒哈拉好几个世纪的贵族家庭。我要说明的是他不会说一句英文，不会说一句法文，也不会说德文、意大利文和西班牙文。不过你们还是可以进行交流的。”

“怎么交流呢？”

“在沙漠，人们不说话也能猜懂对方。你们看着吧……”

阿贝格点点头。

---

〔1〕霍加尔高原为北非撒哈拉沙漠中部火山高地，位于阿尔及利亚南部，主要居民点是塔曼拉塞特。

“Alkeheir ghas.”

“反正，我懂一点塔玛舍克语[1]。”唐纳德得意地说。

我立刻有种一见倾心的感觉……

阿贝格很帅，身形修长，穿一身恰到好处的蓝色麻布长袍，头缠白色阿拉伯头巾，五官仿佛是由一双受大自然启示的手精雕细琢而成：轮廓分明，双唇清晰，目光深邃，整体包裹于一层浅褐色的皮肤。他身上有一种王者风采，站立在我们一群人中间，玉树临风，并不在意我们对他的注视。

我的心狂跳。

这既非爱情意义上的一见钟情，也不是友情上的一见如故。怎么说呢？是人性。我立刻爱上了这个男人所代表的那个文明，爱上他仪容风度传递出的那种信息，爱上他投向我们的微笑。他好客而沉静的微笑里，有着给我们一段迷人时光的允诺。

“他多大年纪？”我问唐纳德。

因为他有着一种庄严的气场，我竟无法判断他到底是二十五岁还是四十五岁。美国人把我的问题转述给阿贝格。作为回应，他转身看着我，眼睛闪闪发亮，递给我一个由衷

[1] 图瓦雷克人称柏柏尔语为“塔玛舍克”语。

的表情，仿佛在说“谢谢你对我感兴趣”。之后便蹲下身子，系紧骆驼鞍的带子和粮食袋。

“怎么，图瓦雷克人不说自己的年纪？”

“从来不说。”唐纳德承认道。

“为什么呀？”

“要么，他们认为这并不重要；要么，他们不知道自己的出生日期。经常兼而有之……通常来说，他们生活中并没有很多数字。”

我转身靠近同胞们，以便更好地认识他们。热拉尔则独自迎着微风，坚决不合群。

队伍中有一点点骚动。

“我有点担心，”马蒂娜嚷道，她是有会考资格证书的数学教师，“人们走出沙漠后不可能安然无恙。”

“肯定的！”她丈夫马克皱着眉头附和道，“人们回来后要么心花怒放，要么忧愁抑郁。我们在朋友中见到过这种现象。”

“这样一次远征，是一种非常强烈的体验，”她重复道，“我有点紧张，十天后我们不再是原来的我们。”

“可是，怎么个不再法……”马克摸着脖子嘟哝道，“我们会倒向哪一面？好的一面还是坏的一面？”我很想逗逗他说，他走出沙漠时将手握摩西十诫的石板。谨慎起见，我只是低声说道：

“我担心的倒是没什么改变。”

马蒂娜紧绷着脸表示同意。想到我们将要经受的考验，她不禁眼中泛起泪花、身子微微颤抖。

“对我来说，是那种与世隔绝感让人很受煎熬，”来自波尔多的眼科医生塞戈莱娜说，“没有中继站，没有电话，什么都没有。设想一下，万一我们中有人受伤，要经过多少个几百公里，才能找到一家像样的医院？”

“发生紧急情况时，我们的向导带着急救包。”

“哦，是吗？他是医生？万一我们被蝎子蜇了呢？”

“那种情况下，也就不需要诊所或药房了，”马克嚷道，“它们的毒素会让人马上死翘翘。”

他们战栗着，恐惧渐生，这倒成了团队的黏合剂。

我后退一步，想逃开这种紧张焦虑的气氛。实际上，我是害怕他们的害怕，因为他们的害怕同样也是我的害怕……

热拉尔在几米之外专注地咬着一根牙签，然后冲我眨眨眼睛，意思是他都听到了那些对话。“现在你明白为什么我要远离那些人了吧？”他朝我做了个鬼脸。

而在这段时间里，阿尔及利亚人用皮带把金属箱子、羊皮水袋、粮食袋都捆绑在骆驼背上。一个包裹刚固定好，另一个立刻叠上去。简直疯了！这些倒霉的牲口能受得住这些重量吗?

然而，在人的挑逗下，骆驼花了三秒钟就站了起来。尽管驮着重物，它们起身比下跪利索得多，神奇地轻松自如！此刻，我感觉它们更像空中的动物而非陆地动物。

那几个阿尔及利亚人跳上吉普车坐在司机旁，大家向我们挥手道别。喇叭声响起，汽车发动。我远远看着车后扬起的尘土，在马达的轰鸣声中消散。

阿贝格在一座小山冈上眺望着远方，他的眸子被映照的地平线一分为二，一半是苍白的天空，一半是灰暗的大地。我无法捉摸这闪亮目光背后的情感。他站得笔直，难以看透，如这大地一般平静和永恒。

静默袭来，沉重而压抑。我们将在沙漠深处孤零零地度过十天。

无处可逃。

冒险开始。

这场冒险会是什么样子的呢？受难抑或是狂喜？

4

“我真实的面目在某个角落等着我。”

我低头前行，腿肚子和手臂肌肉紧绷，拇指抓着腰带，眼睛盯着地上高低不平的石堆，生怕摔倒。身上的背包越来越沉，让我有些趔趄，脚踝开始打战。

“我真实的面目在某个角落等着我。”这念头如影随形、挥之不去，有节律地和着我的脚步。匆匆吃过几口午饭后，我们踏上一条在沉睡的石堆和刺向云天的峭壁间的蜿蜒小路。小路曲折迂回，保持着原始的自然状态，紧贴起伏的地势，把一个个崖口连接成一道道回廊。几个世纪的踩踏，小路变得光滑平整。

“沙漠之门！”唐纳德在出发时说过。

他指给我们看一座千仞壁立的山峰。当时，我对自己说，翻过这道屏障，我们就该进入一马平川了。可完全不是那么回事！崖壁遮挡着第二道崖壁，接着又一道，后面还有……我们走了好几个小时，仅仅穿越了这片高远的一小块。我醒悟过来，赶紧控制起初的冲劲，调整好节奏。一支有秩序的队伍逐渐形成，阿贝格和骆驼走在最前面，唐纳德断后。

“我真实的面目在某个角落等着我。”

这句话是怎么潜入我脑海里的呢？

吃点心的时候，塞戈莱娜问是否有人带了镜子。

“我没打算要化妆。”女人们说。

“我没打算要刮胡子。”男人们说。

大伙十分惊讶，竟没一个人带这玩意儿。

“十天内我们中没人看得到自己的脸。”塞戈莱娜总结道。

这件事让她不快，我却十分开心。

一直以来，我同镜子的关系有点复杂。小时候还不太在意，到了少年时代，就开始直面镜子。有多少个白天我在镜子前盯着自己？那不是自恋，反倒是一种惶恐。我搞不明白……徒劳地寻找着这个个体与我之间的关系。他的胸脯、双肩、大腿发育变化着，而内在的那个我却没变。这种身体变化不仅突如其来，而且不是我希望的，也不是我能控制的，更不是我能预见的。我认为自己是一种荒谬宿命的受害者，那就是生长。这个血肉包裹着的人形，跟我到底有什么关系？从镜子里消失的那个孩子住在我身体里，乃至成了我。

发育一旦结束，我无奈地接受要在这个肌肉发达、运动员般结实、脸部轮廓圆润的魁梧躯体里，度过我的存在。然而，如果我能选择自己的容貌，它应该是精美的；如果我能选择自己的身躯，我更愿意它是瘦弱的，这样才符合我充满困惑和疑问的样子。

到了十八岁，除却刮胡子时，我中止与镜子的一切关系。有时候在街角或餐馆，某一面镜子突如其来地把我的形象送到我面前时，我总是很吃惊。多么不恰当，我长得一点不像我自己……

对于亲近的人，我从来不流露这份不适感。因为唯一一次，我斗胆吐露心声时，那女孩回答说："你不爱你自己吗？没关系。我，我爱你，我觉得你很帅。"可怜的姑娘，错太远了……我苦恼的不是这个，帅或不帅，我才不在乎！相爱或不相爱，有什么重要？我触及的是一种由来已久、根深蒂固的不幸：我不认识我自己！在我家里，看不到任何穿衣镜或落地长镜，仅有一面小方镜镶嵌在无窗的浴室墙壁上。

"我真实的面目在某个角落等着我。"

午后伊始，这句话就开始发力，现在又浮现脑海。行走更让这句话萦绕不去，在脑海里打转、打转、打转。

这是什么意思？

我猜想这句话表露了我的忧虑：一年多来，我一直在寻找自己于生活中的位置，我的作用，我的职业。这次躲避到沙漠或许能让我有所成长。我应该继续我的哲学思辨吗？思辨什么？还是应该投身教学？或决定从事写作？总之，我是一个博学者、思想者、教授、艺术家吗？或其他身份？或什么都不是？也许什么都不是……在这样的消沉中，我是否应该尽快建立一个家庭，要几个孩子，为他们的教育和幸福奉献自己？这种患得患失让我十分苦恼：我走到人生的十字路口，不太确定以后的道路。

“我真实的面目在某个角落等着我。”

今天，在写到这一段时我能更好地看清这个问题，因为我已经有了答案，这答案是三天之后以猝不及防的方式来到我面前的。不过暂且不表。

“瞧，艾蒿。”

托马指着旁边一丛丛贴着地面的青绿色植物说道。

“这看上去像百里香。”我折下一枝覆满无数银色小叶片的茎秆说。

“你再闻闻！”

我嗅到了一股好闻的味道，带点辛辣。

就在这时，阿贝格在路的高处朝我大声喊着：

“Tebarragale！”

我表示听不懂，他耐心地重复：“Tebarragale！”

我低声问托马：

“他在说什么？不可以碰？有毒？”

托马摇摇头。

“肯定不是，艾蒿一点毒性都没有。人们甚至还拿它做药，止痛消炎。”

阿贝格很感兴趣的样子，从高处走下来凑近植物。他在我脚边采了一大把这样的植物放到口袋里，然后用塔玛舍克语给我介绍起来。见我目瞪口呆的样子，他忍不住大笑起来，拍拍我的肩膀，用食指画了个圈。“你以后会明白的。”

队伍重新上路。

“哦，大戟草，不错，不错……”

托马对着一株从沙堆里冒出，长着类似甘蓝菜叶子的植物欣喜喊道。

我蹲下身。

“不！”他阻止道，“别碰它，这种植物的汁液有腐蚀性，动物都会躲开它们。”

作为一头好动物，我赶紧后退几步。

“你认识所有植物？”

“所有，不可能，但认识很多。我收集植物标本有三十年了，尽管我的专业是研究火山。”

托马五十来岁，留着大胡子，在卡昂大学教授地质学。巴黎的旅行社承担了他的旅费，让他给旅行者传递他的知识。

属于这种情况的有两个人：地质学家托马和天文学家让-皮埃尔。他们的任务就是向我们描述这个世界，一个在白天，一个在夜晚。我很喜欢这种博学者的陪伴，从中获益真是万分荣幸。

每一小时，我们停下脚步，托马给我们解释地貌的形成、演进和风化。通过他，风景增添了两种新维度：时间和演变。博学的教授给这片表面静止不动的风景赋予了故事性，他窥探到奔涌、喷发、抗争、流淌、高压、断裂、胜利、崩解。我被他的解说深深迷住，感觉我们仿佛在参观一片经历激战后的战场。那些大块岩石、断层、峡谷，象征着死去或幸免于难的战士。

“你错了。”当我对他描述我的感受时，他回答说，“战斗并未结束，一切还在进行中。地貌一直在变化，只是用一种以人类的尺度难以察觉的速度。”

“哦,是……丰特奈尔[1]也这么说过：在玫瑰的记忆里，从未见过园丁的死去。”

他摸摸耳朵做了个鬼脸。就如我试探的那样，他既不热衷诗意和隐喻的表达方式，对哲学也不感兴趣。他只是想了解，仅仅是了解而已，没有诸如想象、梦想等孩子气的想法……

托马喜欢命名，给每件事物贴上科学所能给予的标签。他用词语覆盖世界，用字典梳理世界，比如把“大戟”称为牛角瓜，把“艾蒿”称为犹太蒿。他苛求精确，有时甚至会指责大自然缺乏精确性。

“按理说，我们该看到药西瓜了，沙漠药西瓜，它长在石檐下。难道是今天时间还太早？除非是这种藤蔓植物在那儿，干枯了……对，就是这样。喔唷，还好，还好……”

实际上，他的首次阿尔及利亚之旅，不是来发现，而是来验证，是让设想中的沙漠与实际沙漠对质。

“酸模属！不错，不错……”

他给大地打了个不错的分数。

他不是在验证自己知识的准确性，而是在证实地点

---

〔1〕Fontenelle，法国哲学家，1657年出生于鲁昂，1757年死于巴黎，活了一百岁，他最著名的著作是《关于宇宙多样化的对话》。

的准确性。他颠倒了程序，是撒哈拉大沙漠接受考试而不是他。撒哈拉大沙漠让科学家满意或失望，取决于它有否提供期待中的草本植物或地质裂缝。总之，到我们第四次休息时，教授先生很满意，不是满意他自己，而是满意沙漠。

“不错，不错……”

他朝我们的向导——阿贝格和唐纳德——投去十分满意的微笑，当然是祝贺他们为我们提供了一片出色的沙漠，合适的沙漠。这微笑就像是他在卡昂大学对准备他实验课的工作人员的微笑。

“Rhalass.”

美国人给我们翻译了图瓦雷克话：

“停下。我们将在这儿扎营。”

我们把背包放到地上，我抗议道：

“沙漠，在哪儿呢？”

“那儿，就在那后面。”

“你早就这么说过了，唐纳德。”让-皮埃尔反驳道。

“现在真的就在那后面了，还走得动的人可以跟我来。”

我们中有四位，亦步亦趋跟着唐纳德。他在翻过六个小山包穿过三道岩石夹缝后，在一道山脊上停下，用手指着远处说：

“在那儿……”

我们走上前。当你眺望一片沙漠时能指望看见什么？什么也没有，就是沙漠。我们眼下所见正如此：空无。平坦干燥的大地一直延伸到地平线尽头，没一点吸引人的细节。

“我们为什么要在后面歇脚？”

“最好还是睡在岩石之间，风要弱些。”

大自然仿佛听到了我们的话，一阵强风裹住我们，带着些许敌意，仿佛狗儿嗅到了生人的气味。

“我们回去吧！你们看好了，在这个季节，白天会一下子跌入黑夜。”

等我们回到干涸河，天色已全暗，我哆嗦着回到被黑暗笼罩的营地，光线的消失也带走了热量。我从行李袋中取出套头毛衣，又翻出一条花格毛毯披在身上。寒夜已经开始侵入我的肌肤。

阿贝格聚拢了一些细小枯枝，点燃一堆篝火，唐纳德开始做饭。

探险队成员三三两两在岩石后寻找安置临时寝具的地方——背包、睡袋。新手们观察着内行人的动作。可以想见，夫妇们聚在一起，而单身者们则想着离得远点，更惦记着艳遇。

我在篝火与岩石间，选了块已呈床形的沙地略加打扫，清理掉荆棘、碎石和田鼠屎。我坐在那里，机械地把背包里的东西掏进掏出。我的这些动作没有任何目的和意义，只是为了让自己有事可做。

我有点茫然无措。

这样的暂歇让我不安，我更愿意行走，一直走下去，直到筋疲力尽。我不愿多思考，向前走让我有去往某个地方的感觉，而一旦停下，我就感觉无处依附。黑夜抹去了一切：地貌、距离、物品、人，今天一天的活力和重要性在这暂时的虚无中渐弱。

我感到害怕。害怕黑夜；害怕这群陌生人；害怕这个装得有能力却并不具备什么能力的美国导游；害怕刚才躲开我们、我并不很了解、高高在上的热拉尔；他强调他只是不得已才和我们一起旅行。

我担心干渴，担心饥饿，担心力竭，担心狡猾的野兽在我熟睡时对我虎视眈眈，担心蝎子在夜里躲进我的鞋子里。我担心……

但有一个人让我感觉心安：阿贝格，那个图瓦雷克人。

他仿佛猜到了我的心思，抬头朝我笑笑，示意我到他那里去。我悄悄走到篝火边在他身旁坐下。他递给我一杯薄荷甜茶，我冰冷的手掌紧捂着热腾腾的茶杯。

“谢谢。”

"tanemmert."他慢慢说道。

"tanemmert."

他点点头，很满意我一下子就学会了。

"Issem n nek?"

我多么想回答他，可……我满脸沮丧的样子引得他大笑起来。他用胳膊肘碰碰唐纳德，叽里呱啦说了几句。唐纳德转向我：

"他问你叫什么名字？"

我对阿贝格说："埃里克。"

现在轮到他努力重复着我名字的发音，我故意省略了我名字的后半部分。

"埃……埃……埃里克。"

我像他那样笑了起来，孩子气地笑，是因为高兴，而不是为了嘲笑。

他从蓝色长袍的兜里掏出刚才采的茎秆，投进一个盛了水的长柄锅，放到火炭上煮。

"Téharragalé."他重复道。

也许这是塔玛舍克语的艾蒿……

我帮着他们俩做饭，焦虑渐渐平息。喝下第一杯茶后，我感觉好很多；第二杯后，有点微醺；到第三杯，便有些醉了。羊肉串在我的极度享受中沉到胃里，等人家给我无花果甜点时，我只想着躺下睡觉。

肯定不是我一个人昏昏欲睡，因为大伙儿一致同意推迟让-皮埃尔提议的天文课。

徒步者们一个个起身离开，我也一样。我习惯性地从包里抽出一本书，翻阅几页，这是我每天晚上的仪式。我打开电筒，电筒射出惨白的光，一米之外，便消失在黑暗中了。

我强迫自己，勉强集中注意力，一行行字在书页间舞蹈，我已不知句子是什么意思。但那又有什么关系，我坚持着。

在这种危险的环境下，沉沉入睡？不行！我永远没有这个胆量松弛下来。我眼皮打架，但竭力保持清醒。

突然，一个黑影朝我移来，一双手凑近我的脸。

我浑身一颤。

是阿贝格站在我面前，电筒光有些晃到他眼睛，他眨眨眼，示意我关掉。修长的双手递给我一碗汤汁。

我放下电筒。

黑暗袭来，不再被灯光撕裂的黑暗，让人心安。

阿贝格把碗递到我唇边，鼓励我喝下去。我顺从地喝着，在我还没有喝完这苦苦的汤剂之前，他就像一位呵护孩子的母亲那样一直站在我身旁。

我咽下最后一口汤，他收起碗，用沙哑的声音低低道：

“Ar toufat.”

这回，我毫不含糊地听懂了：“明天见，晚安。”

是艾蒿的作用？还是友谊？或是积聚的疲劳？我立刻就睡着了。

5

黎明的气息撩拨着我的鼻腔，湿润而清香。我睁开眼皮的一瞬，重新意识到了一切，关于我自己、关于这地方、关于我们的长途跋涉。其实我感觉也就是在等图瓦雷克人来到跟前时，我闭了一会儿眼睛。

奶白色的雾霭在西边沉下去，此刻太阳还在慢慢准备着抹蓝天空。

我起身时，手掌触到一些卵石，上面似乎有一层水汽。我继续摸索，沙地也抹上了一层湿气，真不可思议……会不会有一朵沙漠玫瑰?

我们的向导已经起床，徒步者们在整理物品时，他们已经在准备早饭。按我的一贯德行，我总是最后一个完全清醒。等我裹着睡袋坐起来时，热拉尔快活地走过来，眸子里印着蓝天的颜色，很幸福能呼吸到这样的空气。

“你夜里睡得好吗？”

“我感觉根本就没过夜，似乎只过了两秒钟。”

“所以，说明你夜里睡得很香！我也是。我已经很多年没有这么香甜地睡过了，想不到吧？哦，穿鞋时小心蜥蜴，它们最喜欢潮湿的袜子。”

热拉尔随后又开始闲逛，远离所有人，他被大自然吸引一如他对人类的排斥。

我抓起一根小棍子，不放心地察看了下我的高筒皮靴，洗漱包和叠放于地的衣服。还好，没有捕食者，我可以穿衣服了。

因为昨天穿牛仔裤有点热，今天我只穿运动短裤和针织运动衫。围着小煤气炉子的早餐已经准备得差不多，见我走上前，阿贝格指着我的衣着大笑起来。

“怎么啦？你从没见过这样穿衣？”被他的快活感染，我笑着回答。

唐纳德套着一条百慕大短裤，向我解释说柏柏尔人是不会露出身体的。

“他觉得这是羞耻的？”

“他觉得这是无用的。他认为他的厚棉布袍子可以减少阳光的烧灼之苦。你知道吗？他是对的。”

阿贝格问了唐纳德一个问题，后者翻译给我听：

“你肌肉强壮的双腿让他惊讶，他问你是做什么的？”

“哲学教师。”

唐纳德和阿贝格交谈了几句，然后美国人说道：

“那他就更搞不懂了，你的腿部为什么这么发达？”

“唔，遗传关系吧：我父母曾是高水平运动员。我母亲曾是全法短跑冠军，我父亲是大学生拳击联赛冠军。”

唐纳德很感兴趣，凑近阿贝格耳边把我的话告诉他。他们热烈地讨论起来，持续了好几分钟。等讨论停下后，我表示惊讶道：

“翻译我刚才说的几句话需要如此长篇大论？”

“阿贝格不相信关于你母亲的事。”

“这是真的，她创下的纪录二十年后才被打破。”

“哦，不是这意思。他无法想象一个女人可以从事体育活动，尤其是跑步。他认为我们在开玩笑。”

“他对女性的看法如此拙劣？”

“相反，他对女性评价非常高。在图瓦雷克人那儿，女性行使着最高贵的职能。她们是法律的守卫者，是书写的女司祭，是文化的守护者。”

我完全同意。这让我想起了达希娜，我在收集夏尔·德·福科资料时发现的一位美丽女王，诗意的公主，她的智慧与她的优雅一样流芳于世，她的智慧让暴烈的军人感受到爱的力量。

“甚至清水都会对我们说我爱你，用它最温柔的吻沾湿我们的唇。”

“你在说什么？”唐纳德皱皱眉头问道。

“没什么，我想到了达希娜的一首诗……”

人一次只能走一条路。

同样，我们只穿越一个沙漠。今天的这第一个沙漠给了我们一个下马威。开裂的大地，飞扬的尘土，似乎仇恨着一切植物。望不到尽头的地平线处翻滚着热浪，模糊了无尽的远方。

我们的队伍踉踉跄跄上路，灰白干硬的大地在鞋底下迅速发烫，烤灼地面的阳光同时晃得人睁不开眼睛。我墨镜后眯缝的双眼被刺得直流泪。我努力适应这刺眼的强光，有时不得不垂下眼皮走上二三十米。这也无济于事，因为汗水混着融化的防晒霜流到眼角，刺得人睁不开眼睛。我感觉自己瞎了似的行进在火焰中。

如果说我看不清楚，却听得太过清晰。一点点声响——呼气声、吸气声、饭盒的叮当声、骆驼的飞沫声、鞋底的摩擦声，都在撞击着我的耳膜。如果我们中有谁说话，即使在远远的后面，我也能听得一清二楚，包括语句间的换气声，包括平常话语下掩藏的干渴。无边的寂静，让声音强烈凸显，过于强烈。

唐纳德提醒我们：午餐休息时，我们仍将处于中午的烈日下，更糟的是这片区域没有任何阴凉处。

该怎么回应呢？

只有默默忍受。

每走一步意味着挥霍一次胜利，每做一次努力意味着一次失败。

阿贝格则若无其事前行着，他的三匹骆驼也是。他们四个平静走着，倘若没有我们，他们应该走得更快。他们映衬出我们是多么地生疏，对沙漠的生疏，对气候的生疏，对困苦生活的生疏。我怀疑甚至骆驼们也在耸肩嘲笑我们。

哦，我多么希望能一脚跨过白天，黑夜万岁……昨天让我如此害怕的黑夜，却如一种奖赏在道路的尽头等着我。

下午一点左右，面包、奶酪、火腿肠又让我们满血复活。阿贝格在嚼几颗干果，他是如何做到皮肤不被晒伤，角膜也不被灼烧？缠在头上的阿拉伯头巾真的足以保护他吗？我怎么觉得他的血肉构造与我们不同，要更高级……

下午，我们的能力有所提升，身体开始适应严苛的气候。我终于能睁开眼睛，不受限制地机械前行。

我脑海里没有涌现什么想法。

这让我很生气：

“你终于处在最有利于思考的境遇，却不好好利用！”

我很懊恼，可我的糟糕心情并不能改变什么，我依旧脑袋空空。

“多么羞愧！你来沙漠沉思，却什么也没有……”

如果说早晨我的懊恼针对我无能的躯体，现在则投向我的思想。我对自己如此失望，进而变成一种愤怒，我恨我自己。

“Rhalass.”

队伍停了下来。曾经，在某一个时代（我们的地理学家托马正试着确定年代），这里应该有一条河流过，现在只剩下些模糊的蜿蜒的河床痕迹，正好可供我们夜间扎营。筋疲力尽的跋涉者们不管三七二十一，扔下沉重的背包。唐纳德发给我们一些苏打水。

阿贝格一到这儿就点燃了营地篝火。我以为他会给大家奉茶，那种仪式性的三杯茶。然而他却极专注地洗净双手，接着往一个汤盆里倒面粉和水。唐纳德朝我挤挤眼睛。

“他会做一块馕。”

“什么？这里没有烤箱，他怎么做呀？”

“你看着吧，他会搭一个。”

阿贝格把水和面粉的混合物在指间搓揉成一块富有弹

性的面团后，再把它压成薄饼状。他回到火塘边，在沙地中间挖了个坑，然后用汤盆底压平整，再用一把点燃的小树枝，把面团表面烤焦。

“这样，沙子就不会粘到饼上了。”唐纳德对我解释道。

阿贝格把准备好的面团放到沙坑底部，盖上沙子，然后放上火炭。

他哼着小曲，等面饼烤了十五分钟，挖开坑把面饼翻个身，继续烤十五分钟。最后捧出一张又脆又香的馕。

我出神地看着他，他做面饼时的那种沉静给了我很大的安抚。如果说白昼粗暴地待我，如果说我一直在和自己较劲，那现在富有人情味的氛围，祖先似的劳作，费心为他人准备食物，这一切让我找回一种团结一致的安全感。

随着阿贝格的馕被一点点烤熟，我也停止折磨自己，停止用成千上万的问题自寻烦恼和自我责备。我成了一名被征服的观众。

现在他用清水漂了一下馕。

那辆红色小汽车……

过往的记忆浮上心头，那辆红色小汽车……

往事并不急着上涌，它来自很遥远的记忆深处，慢慢在我脑海里一点点浮现，即将展现它的全貌。

那辆红色小汽车……

我重新回到了那一天，我在父亲边上，坐在那辆胭脂红的脚踏小汽车里，那是几个月前我收到的圣诞节礼物。我们的“奶牛”公寓位于圣-福瓦-雷-里昂的山坡上，我从公寓楼前的狭长坡道踩着车往下行。我那时几岁来着？四岁半……五岁……我拼命踩着踏板，为了让父亲觉得与他并肩而行的是一位F1方程式赛车冠军。但我的拼命仅够跟得上他的步伐。

这一天真的是无比奇妙。

在灌木小径的空隙处，我忽然有一种拨云见日的直觉，一道幕帘被拉开，呈现的景致有了别样的内容。我屏住呼吸使劲儿睁大眼睛，里昂城在我脚下延伸，樱桃红和珊瑚红的屋顶、教堂的尖顶、冒烟的工业烟囱，还有蜿蜒的河流。远处，山梁绿色茂密，山峰白雪覆盖，巍峨壮丽。

在我左侧，我强烈感觉到父亲辐射过来的能量，实际上贴着他的条纹丝绒裤腿，我的脑袋只够到他膝盖，我得使劲儿扬起脖子才能看清他穿着米色polo衫的胸膛，再往上是他的下巴，下巴上有一层细细的胡须。他朝前走着，沉浸在自己的思绪里。

“我在这里。”

这个明显的发现深深震撼了我：我在这里，在天地之间，就在我父亲身边！是的，我惊讶地发现我是活的。

“我叫埃里克－埃玛纽埃尔，是保罗·施米特的儿子，我存在着。”

自豪、狂喜、感动，我刚刚诞生了。不是诞生到这个世界，而是诞生到我自己。我呼吸着春天的气息，它们用一种崭新的方式鼓胀着我的肺泡。我的血液畅快地流经我的每一寸肌肤。

多么值得庆贺！这是我的第一天，我生命觉醒的第一天。离开童年那混沌的子宫，我终于像人一样存在于这个世界。以前，我在黑暗中趔趄，不知所措，不自觉地活着；而今天早上，我的历史开始了。

“我叫埃里克-埃玛纽埃尔，是保罗·施米特的儿子，我存在着。”

我的“我”已不止于语法，视角中有了另一重含义。我从一个隐匿者变成一个公开的、清晰的旅行者。

“我一定要记住这个时刻。”我发誓。

然而这份记忆沉睡了二十多年，是阿贝格搓揉热面团的这双手，将它从遗忘中唤醒。

从我五岁时的这份惊喜到如今，我有没有退化？总之，我常常是糊里糊涂地活着，将过度活动与存在之幸福相混淆。是的，我更多的是躁动而不是喜悦。我被各种麻烦填充，忽略了品味最简单的珍宝——活着。

阿贝格把馕掰成碎块扔到一锅煮着的菜汤里。他指着那道菜对我说："Tguella."

我感激地看着他，他灵巧的手指把我带向最重要的事物：令人喜悦的惊奇。

世界上，不缺让人感到惊喜的机会，缺少的是能感受惊喜的人。

6

尽管平坦无垠，沙漠将我们一直举到天边。

群星闪烁，离得如此之近，几乎触手可及。星星如悬挂着的闪亮大苹果，那是霍加尔人的果园。

夜里，撒哈拉沙漠呈现一派节日气氛。在太阳底下罚我们苦行的沙漠，现在却变得丰富、充沛、慷慨、富有东方情调，馈赠给我们由最疯狂的珠宝商提供的无数首饰：项链、胸针、镶钻皇冠、金链和闪亮的手串。成千上万的星星镶嵌在天鹅绒首饰盒般的苍穹，而至高无上的银色皓月，如舞会上的皇后，光芒四射。

我们离火堆稍远，让瞳孔适应星体的光芒。漆黑的大地将平原、沙丘和岩石都研磨于同一口巨大的坩埚内。

在一群披着花格旅行毯的徒步客中间，让-皮埃尔站着给我们上天文课。他供职于图卢兹天文台并在大学教书。

在这样无垠的大教室上课，他激动得有些发抖。他生平第一次用眼角便可扫到星体，用手指便可在天幕上画出星座连线。猎户座、小熊座和北斗星座从未如此清晰和近在咫尺。

这里远离文明带来的一切光污染，宇宙呈现出无比的瑰丽。静静凝望它对我已足够……还需要通过命名来欣赏吗？通过计数？而那位物理学家从昨晚开始便迫不及待地兜售他的知识。

与白天有着蓝色的天际线环绕不同，黑夜没有边界。它呈现给我们的现实绵延几百万公里，它也呈现给我们已经消逝的现实，流星的光痕一直抵达我们跟前。

通过为我们描述宇宙，让-皮埃尔让我们面对两种无限：时间的无限和空间的无限。

我总是难以捕捉无限。如果说我能够思考它，却难以表述它。哲学上对无限有一个清晰定义："没有边际的事物"；数学上的定义也很清晰："比任何给定数字更大的元素"。然而我的想象力却捉襟见肘。一些景象一浮现于我的脑海里，它们就是具体的，我所见的是一道接一道的边界，而不是无限；我每看到一个数字，就会给它加上一个单位，我看不见无限的数字。总之，我的理性擅长于抽象，但我的感官却在障碍面前反抗。

苍穹之下，我强迫自己去构想群星后面的群星，我们这条银河后面的银河，不断推进边界……可是我做不到，我的大脑只送给我一幅由我的幻想穿越、培植、编织而成的黑底上布满珍珠的画面，并未触及绝对。

我们的天文学家让－皮埃尔正在兴头上，与我们的地理学家托马一样，为我们揭开宇宙的面纱，讲述整个天体那些神秘的往事。

“先来看看宇宙最早的童年时代。”他很满足地舒了口气说道。

“一百四十多亿年前，宇宙处于最高密度状态，一滴水的体积就有几千几百亿吨。当宇宙爆炸时（宇宙大爆炸理论），物质四处飞散，宇宙随之膨胀。此后，宇宙继续膨胀。通过观察得知，银河系离开我们的速度同银河系与我们之间的距离成正比。我们可以把这种膨胀视为无限……如果我们回溯时间，宇宙曾经狭小、更热，密度更高。最初，能量是由射线组成，随后这些射线的密度降低，低过物质密度，于是物质在宇宙中占据上风，万有引力超越了电磁力。一百亿年后，这些演变产生了银河系。我们亦如此，身上镌刻着这些变化的结果。我们仅仅是星辰的尘埃而已。”

我的伙伴们张大嘴巴、瞪大眼睛，完全被镇住了，一个个排队来看天文望远镜。

我很快开始浮想联翩……沉默的星辰总是让人类喋喋不休。我更想了解的其实并不是宇宙的历史，而是历史背后的历史，它是多么地前后不一！哦，我不会追溯到一百四十亿年前，但我很乐意一个世纪一个世纪地回溯。如果说今天让-皮埃尔是根据哈勃定律为我们梳理了宇宙，那一个世纪前的某位学者完全可以根据牛顿定律来阐述，三个世纪前可根据伽利略学说，中世纪或古代可根据托勒密理论来阐述。以此类推，一位诗人、巫师或神父都可以弄出一套自己的解说。自从人在神秘的夜里相聚一处，这类讨论就不断激增。因为人类无法忍受无知，所以创造出很多知识。他们发明神话，发明众神，发明上帝，还发明了科学。神灵在变换、接替、死亡，宇宙学模型也同样变化着，唯一不变的是尝试做出解释的企图。

我如此专注于自己的沉思，忘了该轮到我去看天文望远镜。教授注意到了我的保留态度。

“你不同意我的话，哲学家先生？”

“当然同意。大爆炸理论是一种很漂亮的推测，但这依然是一种假设……也许某一天也会遭到抛弃……就如从前许多被抛弃的理论一样……每个时代都有属于自己的传说。”

“你说什么？我陈述的是科学真相。”

“每一个时代，沙漠里围着火塘的叙述者都相信自己掌握了真相，他周围的同时代人也都分享他的信念。”

“你对我的理论有怀疑？”

“时间会做出判断。今晚，你带给我们的是科学最新的呐喊。然而你同我一样清楚，你的论点会过时，真相依旧无法被触及。只存在暂时的真相或者努力接近真相的意图。本质上，你的理论体现的是以现代方式表达我们的无知。”

“无知？”他几乎窒息地重复道。

“这很令人感慨，不是吗？”我喃喃道。

我们的交流带来一阵难堪的沉默。我的介入令人不快！从我相对主义的评论中，大伙只记住我高傲自大的挑衅；我只是想让我们——他、我们、我——在人类千年的跨度上保持谦卑，然而我却表现得很自命不凡。

“你蔑视科学？”他带着敌意质问道。

“完全不是！我带着关切和尊重对待科学，一如我带着关切和尊重对待传说和宗教。”

我真是越描越黑。把科学与那些非理性的虚构想象混为一谈，这激起了所有人的愤慨，我嗅到了越来越浓的敌意，便用一个问题打岔道：

“让-皮埃尔，你能否给我讲讲黑洞理论，我一直搞不太明白。”

让-皮埃尔眨眨眼睛，很满意我终于回归学生队列，还他专家的宝座。他即兴做了一场出彩的讲座。

那些科学概念组成的音符，恢复了悦耳的旋律。每个人都面露微笑，大家忘了我的搅局。

刚才我没有意识到我的节外生枝的严重性，我中断了这个神圣的解说仪式。人类面对一些奇怪的现象——天空、月亮、四季、出生、死亡时，渴望在一个可见的世界中去窥探这些看不见的构造。心灵恐惧未知如身体恐惧深渊一样，因此需要不断杜撰些什么来消解孤立无助之感。提出假设总胜过一无所知，即便荒谬不牢靠，有一番解释总好过没有解释。渴望弄懂点什么，并不意味着追求理性，而是为了保证自己能辨别黑暗，能在混乱中找出秩序。从根本上来说，所有的解释都可回溯到一个源头：那就是害怕不能拥有解释。

“为什么？”

突然冒出一个问句，是一个女人的声音。她坚持问道：

“为什么？”

塞戈莱娜再三发问。一些惊讶的目光投向她，显示出她问得多么不合时宜。

“你提到了‘怎样’，却没有说‘为什么’。宇宙为什么会存在？为什么能量能够介入某种运动直至形成生命？从一次简单的大爆炸，就能催生出像我们人类这样如此复杂的动物，为什么？”

“‘为什么’不属于科学范畴。”

“你是说一名学者从来不问‘为什么’？”

“我的意思一名学者知道他无法从科学上回答‘为什么’。他只局限于回答‘如何’。”

“‘为什么’才是最有意思的问题。”

“真的吗？一个得不到答案的问题真的有意思吗？我认为正相反，请允许我这么说，塞戈莱娜。你呢？哲学家先生。”

他一字一顿吐出“哲学家”这个单词，仿佛他本该说的是“占星家、星相学家、江湖骗子”，充满了实证主义的傲慢。我回答道：

“我只喜欢没有答案的问题。”

“哦，是吗？”

“是的。它们激发了我的好奇心和谦卑心。你不这么认为？”

他明白了如果他再加一句话，我一定会展开反驳。对话到此为止。

塞戈莱娜注视着我。她是热烈的文学爱好者，我们已经有过热情交流。

“你看大自然是不会追问它所取的方向的？它的意义何

在？我，面对如此多的奇迹，无法不认为一定存在某种规划，某个聪明的蓝图。宇宙和生命证明了有一种更高级别神灵的存在。”

“上帝？”

“上帝。你不这么认为吗？”

我垂下眼睛，我最害怕与别人当面谈及这些问题。我不喜欢在大庭广众之下透露我的隐秘。

塞戈莱娜紧追不舍：

“你不这么认为吗？”

“上帝对我只是以一种疑问的形式存在。”

一小时后，我避开扎营处。

借着火堆残留的微弱红光，我定位着营地的位置，一直不让火光离开视野，把它视为一个参照点。我可不想走丢，我只是想清静一会，在沙漠与星空间沉思。

一股寒意流遍全身，牙齿开始打架。我蜷缩在两块大石头之间，躲避着骤起的寒风。随着二月的夜色越来越深，寒意渐浓，沉重的关节也开始生疼。我很遗憾自己属于这忧愁的大地，我是多么渴望飞向那浩瀚的星空。

一道记忆浮上心头……

那年我五岁，父亲关上圣-福瓦-雷-里昂家里的门窗，拉上窗帘，让屋子完全沉浸于黑暗中。带着魔术师表演节目的神情，他把客厅变成了剧场。我兴奋得浑身发抖。他手拿电筒，走到地球仪旁边。那是一只由金属支架托起，平常放在我姐姐房间里画着地图的大木球。

“你知道为什么白天和黑夜会交替出现吗？”

我摇摇头。

他让电筒离地球仪一段距离。

“这是太阳，这是地球。地球二十四小时自转，太阳则不动。我们在哪儿呢？”

我指指标着法国的粉红色斑块。

“完全正确。当我们的国家面对太阳时，这就是白天。”

电筒的光束只照亮地球仪的这一面。

“然后……”

他开始转动球体。

“如果地球转动，便会把这一面带到暗夜影中。”

当粉色斑块转到侧面时，他停止转动。

“这就是黄昏。”

接着他睁大眼睛，仿佛就要表演一次不可思议的魔法。

“现在就是黑夜了！”

他完成手上的动作：自此，再也看不到背对电筒光的那粉红色斑块。

“你明白了吗？”

“明白了。”

“你有什么问题吗？”

“有一个。”

“什么问题？”

“所有这一切中，上帝在哪儿？”

父亲的脸色一下子暗了下来，眼神中露出某种空洞。他显得失望、沮丧，最后扯着头发无精打采地说道：

“上帝哪儿都不在。我，我看不见他。”

他重新开灯，灯光带来了色彩，分散了大家的注意力。父亲挤出一点笑容亲了我一下，一言不发，垂头丧气地去睡觉了。

为什么他会那么难过？那时候我觉得自己犯了个大错误，问了一个很愚蠢的问题。总而言之，扫了他的表演兴致。今天我以不同的方式解读他的沮丧，父亲显然为自己是无神论者而深感不安，更何况他深爱自己虔诚的母亲，肯定很想分享她的信仰……作为一名厚爱的父亲，他肯定也很想告诉自己的孩子上帝存在……告知这个好消息……但他却无法传递这份恩赐。

一个影子投到我的脚背上，我一下子跳到石头上。毒蛇，一条带角的毒蛇……

我的心脏狂跳，呼吸停滞。我竭力让自己镇定下来，想着曾经学过的知识，蛇在夜里是睡觉的。那么这是一只蜥蜴或一只田鼠？我可能吵醒了某只爬行动物……

我凝视着包围我的黑暗沙漠。

“所有这一切，上帝在哪儿呢？”

我也一样，我看不见他……

7

阿贝格在祷告，面朝东方。

在白色的天空和碎纹瓷般的大地间是无垠的虚空，没一点障碍物，宛如一个巨大无比的传声筒，没什么能阻止阿贝格的心愿被传递到麦加。

图瓦雷克人低调地躲在一侧，在初升的朝阳下，双膝跪在一条小毯子上。我感觉他既渺小又高大。在跪拜中，他谦卑地承认他天性中的不完善，但他也在督促上帝关注他。多么高傲，不是吗？

我一面收拾睡袋，一面在想……祷告带来的到底是什么，诉说还是被听见？

几名徒步者注意到了阿贝格的缺席，当唐纳德指给他们看远处那个虔诚的身影时，每个人都露出心领神会的表情，满足地忙着各自的事情去了。

“他们很满意。一名穆斯林在撒哈拉深处完成其宗教职责让他们感到很高兴。当地民俗，这是旅游小册子上承诺的。旅行社做得不赖！谢谢……”

塞戈莱娜凑近我，只对着我一人，用尖厉的嗓音继续讽刺道：

“相反，如果他们不经意看到我正在祷告的话，一定会感到崩溃。也许更糟，我让他们感觉蒙羞！”

我打量了她良久，不敢告诉她就在二十分钟前，当她朝吃早餐的这群人走来时，天文学家在地理学家耳边嘀咕道：“瞧，基督徒来了！”一阵“咯咯”的笑声附和着天文学家的评论，充满了轻慢和居高临下。我很没出息地把脑袋缩进脖子，假装瞌睡着什么也没听到。

塞戈莱娜坚持道：

“我夸张了吗？”

“不，你说得很对。在欧洲，知识分子容忍信仰宗教，但十分蔑视，宗教被看作一种倒退。信教，是过时、落伍的；否定，才是时髦。”

“多么荒谬！……仿佛进步就是体现在不下跪。”

“一种偏见驱逐另一种偏见。从前，人们信是因为有人煽动；今天，出于同样的理由，他们又陷入怀疑。两种情况，他们都自以为在思考，其实他们只是在重复、在拾人牙慧、在随波逐流、在捡拾那些仔细想来并不属于他们的信念。”

她笑了，为我们能相互理解而欣慰。

“我在证明基督教信仰时，总感觉自己是那么可笑！可笑或者愚蠢……我看出别人眼中对我的矮化。”

她故意“扑哧”笑着说：

“当然啦，我也用不着太过抱怨，我所受之辱顶多就是被嘲笑一番，我躲避殉道。人家不会把我扔到狮子口中，也不会把我钉到十字架上的！”

“谁知道呢？”我喃喃道。

她瞪着我。我任由她琢磨揣测，自己则出神地凝望着阿贝格。

“你有信仰吗？”

“没有。”

“曾经有过吗？”

“从来没有。”

“那你希望拥有信仰吗？”

我转过身，踌躇着是给出一个真实答案还是给出一个能立刻结束这场谈话的答案。塞戈莱娜那么天真恳切地期待着我的答案，我选择了坦诚。

“希望，又不希望。希望，因为有信仰的话我可以少一点恐惧；不希望，因为那样又太容易了。”

“太容易了？”

“太容易了。”

阿贝格匍匐得几乎见不到了。俯身贴到大地，他的灵魂是否能更快升天？

塞戈莱娜，一如既往，不愿放弃她的争论。

“你错了，拥有信仰，并不容易！做到神启的要求也不容易！接受信仰，收获更多的是责任而不是特权。”

“这不是我想要表达的。”

“那你在恐惧什么？如果你有信仰，你又会对什么少一点恐惧？”

“等我完全清醒时再来谈论这些问题吧。坦率说早上七点讨论这些形而上的问题，有点超出我的能力。”

她慈爱地伸手摸了摸我的脸。

“请原谅。”

我一个激灵……一种异样的感觉袭来：当她用手掌抚摸我的时候，我感觉不到自己的脸颊了，就像在摩擦锉板，发出生硬的声响。我自己伸手摸摸下巴，手指划过的是又粗又硬的胡子楂。胡子长长了，很糟糕的感受！我现在该是怎样一副尊容？

阿贝格站起身，腋下夹着卷起的祷告毯（sejjada），回到营地向我们打招呼。

两位科学家赶紧拿着地图迎上去，向他询问行走过的路线。

塞戈莱娜正要转身离开，我一把按住了她的肩头，一个念头突然冒出。

“你有没有想过一个问题：为什么你作为一名基督徒，比起他——一名穆斯林，更让他们感觉不舒服？”

她愣住了，想了想说：

“他们讨厌基督教，不讨厌伊斯兰教？”

“我觉得他们对两者都不了解。”

让-皮埃尔、托马与阿贝格正在为什么事打趣，开心得不得了。他们的随意却激怒了我：

“在蔑视信徒的同时，外加蔑视原始民族。”

“你说什么？”

“阿贝格可以进行任何祭拜活动，他怎么做都是好的！这就是我们的正向思维者所认为的！为什么要去开化土著呢？为什么要向他灌输无神论而让他不知所措？在这充满敌意的环境里他又能得到什么？事实上他们认为一个非洲人祷告是很正常的事，但是一个欧洲人这么做却是不合适的，因为他们认为欧洲人比非洲人高等。”

“你太严厉了！”

我前面，那三个人正开怀大笑。

我会承认吗？我讨厌阿贝格与那两位学者混在一起哄笑。嫉妒让我说出了那些残酷的话，我是多么希望图瓦雷克人远离那些人，只亲近我一个人。我对这个身穿蓝色长袍男人的兴趣要比他们的纯洁得多，他难道没有看见吗？

唐纳德吹响了集合号。

阿贝格扔下教授们，松开头天晚上被拴住四肢的单峰骆驼，队伍开始上路。

露营地还在冒着一股白烟，那是我们扎营留下的最后痕迹。

我们行进的目标是找到水源。这个愿景让阿贝格脸上神采奕奕，作为一名出色的游牧者，他只根据两种需求来组织迁移，即骆驼需要的牧草和人需要的水源。当然，手提水桶和袋装谷物也能解燃眉之急，但行进线路的设计必须包含祖先的智慧。通过在地图上还原我们所经的线路后，托马和让-皮埃尔明白了这样一个逻辑：由于地形和干旱的缘故，这儿的人们并不采用两个地点之间最短的路程。

图瓦雷克人，一如他的习惯，在行进中一言不发。

偶尔，他踮起脚尖转一圈，嘴角带着微笑，问我是否一切都好。感动于他的关切，我每次都伸出表示胜利的大拇指，回答说："很好！"他笑了。

我是否该向他承认今天早上我有些不开心？他似乎也察觉到了，他是怎么察觉到的呢？作为队伍中最年轻的一个，我一点没拖拉，尽管已经放慢脚步，还是在队伍中遥遥领先。

天越来越热，我的脚步越来越沉，汗水湿透脊背。用喷洒过古龙水的湿纸巾擦拭太阳穴也不管用，我的双腿在肌肉的重压下不住打战，向前迈步变成一种酷刑。备受煎熬的我，专注地看着前面骆驼没有掌钉的脚掌，它们的四肢纤细而灵活。我不再思考，不再看什么，只管往前走。

对于我来说，这个矿物构成的世界，就是连绵不断的相同景物，一成不变。而阿贝格，他懂得阅读沙漠，沙子会对他说话。一些脚印诉说着之前的远征者；或干或湿的驼粪，表明商队经过这里的时间；突然出现的大量细小波浪形的痕迹，说明有羚羊一直奔跑到了这里。

我们看到了一片岩石区。

“终于有阴凉地了！”我喃喃道，强迫自己保持一定的行进节奏。

在大块岩石之间，长出一蓬蓬野草，很像大山胳肢窝的腋毛。为什么双腿的速度跟不上眼睛的速度？这堆岩石变得越来越清晰，却仿佛与我们的努力成反比似的在往后退。我们花了很多时间、费了很大的劲儿才慢慢接近它的边缘。

Rhalass！

我和同伴们不约而同放下背包，已经累得筋疲力尽。阿贝格招呼美国人。

唐纳德翻译给我听：

“背上你的包，阿贝格要给我们看一样东西。”

在止步休息的放松与被特别优待的愉悦之间，我选择了后者，让双肩重新承压，汗流浃背地跟在两位导游身后。

我们攀上岩石，进入一条夹在陡壁间的小路。阿贝格站住，指给我们看下方一米左右的地方，有一汪清泉静静躺在那里，清澈、光洁、安详，四周围着一圈黄色鹅卵石。

他朝那片生动、深邃、晶莹的水面微笑，仿佛找到了一位心爱的姑娘，在她旁边怯生生蹲下。随后他示意我上前，为了避免自己的笨手笨脚，我把背包放在一边，走向泉水。

我们把双手浸到水里。

水流滑过指间，珍贵得如一层金粉，每一滴水珠都代表一个奇迹。阿贝格慢慢俯下身，双手掬起一捧水来喝。满心喜悦的他，示意我和唐纳德照着做，我们对泉水的甘甜赞叹不已。

我带着神圣的敬意喝水，有一种初涉秘境的感觉。这饮料是一份难以估量的礼物。

在心满意足饱饮一番之后，水面映出了我和阿贝格的脸。看人的倒影比起直接盯着人看要自如许多，我趁机仔细端详阿贝格棱角分明的五官、聪明的眉眼、水灵灵的蓝绿色眸子。

他站起身，猛然提起我的背包，用肢体语言向我表示他觉得我的背包太沉了。

“阿贝格在想为什么你的背包那么沉？”唐纳德说，“他打赌你包里一定有很多没用的东西。”

我不高兴地争辩道：

“瞎说！里面都是些最必需的用品，不信他可以打开来看！”

唐纳德向阿贝格挤挤眼睛。

图瓦雷克人小心翼翼地解开包口的绳结，撑大口子，接着叽叽咕咕责备着从里面掏出一块石头。

“这……”

我目瞪口呆说不出话来，我实在是搞不明白……

阿贝格掏出第二块石头，然后第三块、第四块。

我张大嘴巴愣住了。看着我的窘迫样子，阿贝格和唐纳德放声大笑。

阿贝格有些不安地走了几步，承认说早上在去做祷告的时候，他把这些石头藏到我的物品里。被他的快乐征服，我也忍不住爆发出一阵大笑，这更让他无比开心。他接着说了一通长篇大论，不过一阵打嗝中断了他的话。

唐纳德向我转述了大概意思。阿贝格想核实一下哲学家先生是否真的是他从未遇到过的最漫不经心的人（我从出生开始就常被人嗤笑我的粗心大意），还要证实一下我是否真的遗传了我母亲——法国冠军结实的双腿。

他又大笑起来。

在这无拘无束的一幕中，我看到了阿贝格的年轻。这位唬人的沙漠主宰，也就二十四五岁的样子。并且刚才喝水时，他解下过缠头巾，我见过他乌黑发亮编成辫子的长发和颈部纹理紧致的皮肤。

他又在我胸口轻轻捶了几下告诉我说，我那么逗乐了他，从此我们就是朋友了。我们回到营地，午餐后灌满了我们的水壶和水桶。

下午，我们把这片高原抛在身后，进入全新地貌的沙漠。到处是天上掉下的难对付的冰雹似的卵石，有些地方还耸立着赘疣般的巨石，像小型的陈旧火山口，但并不能打破单调。

突然，阿贝格不安起来。

“发生了什么事？”唐纳德问。

阿贝格咬住下唇，看看四周，几乎透不过气的样子。轮到我们担心起来，很想知道是什么东西让阿贝格忧心忡忡。可是很徒劳，沙漠依然一望无际的空旷。

阿贝格用一种竭力控制但仍难掩不安的语调恳求我们

停下脚步。

我不敢确定，但我担心他可能觉察到了某支抢劫者驼队，甚至是绑架或杀害外国人的匪徒。

唐纳德十分紧张，要求知道令阿贝格不安的原因。但阿贝格依然沉默着，只是抓起第一头骆驼背上的一只帆布口袋，躲到一座小山包后面。五分钟后他回来了，换了一身黑色带编织花纹的精致长袍。

“哦，哦，我们大可放下心来，”唐纳德宣布道，“这是阿贝格的节日礼服！”

阿贝格把他的旧衣服收到一个褡裢里，搭到骆驼背上，完全无视我们的存在。

“他干吗要这样？”

“干吗？”唐纳德重复道，“最好还是别问他，我感觉如果我胆敢去问，他会杀了我。他的神态表明他既不希望被询问也不希望被评论。”

阿贝格命令一头骆驼跪下，它“嗷嗷”叫着不情愿地下跪。另两头骆驼为表示声援，也跪了下来。等牲口跪地后，阿贝格坐上鞍子，双腿夹紧骆驼的鬐甲，命令它起立。

阿贝格威风凛凛端坐其上，离地足有三米高。他，通常总是面带微笑鼓励我们，为我们指路的人，现在却漠然上路，不说一句话，也不向我们瞥一眼，高昂着下巴往地平线方向走去，完全像换了个人……

我们顺从地跟着他的脚步，搞不懂他葫芦里卖的什么药。

我们将很快揭晓答案。

转过一个小山丘，传来一阵铃铛的合奏，出现了令人惊讶的画面：一位牧羊女守着一大群羊。

在一片田园牧歌式的风景中，一切都显得小而美。坐在羊群中的女孩尽管已有二十岁左右，但看上去还像个孩子，看到我们走来便垂下了用眼圈墨修饰过的显得格外明亮的大眼睛。长长的睫毛下面如桃花，漂亮的小脸蛋上镶着富有光泽的红唇。头顶盘着乌黑的大发辫，浑身上下透着一种罕见的温润与柔和。她的脚下拥着一群不超过三十厘米高的小羊羔，短短的小腿，挤作一堆的小脸，看上去更像是一些玩具而不是反刍类哺乳动物。它们“咩咩”叫时露出粉红色的牙龈，叫声更是让我有些不知所措，声音虚弱而尖厉，让我想起自行车喇叭。总之，那些小羊羔不像在“咩咩”叫，倒像在哭闹。

阿贝格在驼背上挺了挺身子，径直走过去，一副拒人千里的模样，眼睛看着远方，并不注视牧羊女。

姑娘这边呢，埋头用一根树枝在地上画画。

多么有趣的画面！沙漠在周围延展了几千公里的孤寂，

而图瓦雷克小伙和图瓦雷克姑娘却相互端着架子。然而我们看得一清二楚，他们是假装没有看见彼此，两人小心翼翼地避免流露出相互喜欢！每个人都在暗示对方，可谁也不愿先跨出一步。

唐纳德和我强忍着笑。

当我们离开牧羊女和她的羊群时，阿贝格还将议员般的架势保持了两公里左右，然后决定休息片刻。他从骆驼背上跳下，在一块石头后消失了一会儿，再出现时已换上了平时穿的衣服，仿佛一切从未发生过。他身上那股坚定的神态，那种会咬人的气势，让我们牢牢记得“不许妄议”。

我们避开了这话题。

阿贝格沏着茶，眼神仍沉浸于无边的喜悦中。这短暂相遇的回味远远超过当时的长度，还在滋养着他内心的情感，引领他满怀温情地去追求。凝视着他，我分明听到撒哈拉的诗意与我心灵相撞。这些诗句来自游牧者倾诉给远方的姑娘：“你比坠满甜蜜果实的椰枣树更美丽，比细雨的允诺更动人，比深冬里晶莹的冰块更闪亮；所有男子都仰慕你，你是我霍加尔的玫瑰，是银色的月亮，是繁星的女儿；我无与伦比、独一无二的高山玫瑰呀，我深褐色头发的宝贝。你是蓝袍子人的姑娘。”

多么令人伤感的会面！我在遐想一番后，被这个场景深深打动。显然，羞怯的阿贝格在追求这位美丽的姑娘。按着他实施计谋的节奏，大概需要几个月才能说出第一句话，一年后才敢尝试亲吻，两年才能照着规矩求婚！如果接下来他还得在沙漠继续漂泊，只能时不时见上心上人一面的话，这个过程还将拉长。

这就是慢的力量……我觉得阿贝格深谙伟大爱情之道。

反观我自己呢，我胡乱行事，将欲望与爱情混淆。十五个月前我离开了共同生活了七年的女人。为了排遣无聊和烦闷，我投身于一些陌生的怀抱，不断制造艳遇，沉溺无须承担责任和后果的交往。我的心不再为任何人跳动，我什么也不期待，当我凝望天空时，没有一张脸会浮现眼前。

我再一次感到，耐心的阿贝格，怀揣梦想的阿贝格，因爱情而忧郁的阿贝格，似乎比我更有智慧。

沙漠，在指出我一个个缺点。

8

“如果大自然没有发明水，为什么它会孕育出鱼？”

在走向露营地最后几公里时，塞戈莱娜与我并排行进。我们前方，地平线在蒸腾的热气中微微颤抖。我抹了一把额头的汗水眨眨眼睛：

“你说什么？”

这个问题太突如其来，我担心没有听清，放慢了脚步。一只苍蝇趁机停到我手臂。塞戈莱娜又清晰地重复了一遍：

“如果大自然没有发明水，为什么它会孕育出鱼？”

我赶走苍蝇，有些不知所措。塞戈莱娜嘟哝着催促我加快步伐，然后用带着节奏的语气，仿佛我就是个孩子，一字一句说道：

“大自然创造了生命，在这一点上大家都同意。然而大自然为什么还要创造出这些爱发问、渴求理性、建立知识大厦、带上道德印记的人类？这些品质是为了让我们融入环境中还是为了把我们驱离？大自然通常不做无用功。听过我们的地理学家和天文学家的讲解，我更认为大自然无与伦比地高效。‘少量的科学远离上帝，大量的科学则接近上帝。’如果说大自然创造出了鱼，那是因为它之前先发明了水。因此……”

“因此？”

“如果它倒腾出人类这样的理性动物，那就说明宇宙中存在某种我们可以察觉的意义。所以……”

“所以？”

“所以，我们并不是偶然的产物，我们不是来自一连串原子。相反，我们是某项计划的产物，是某个聪明意愿的结果……”

“所以？”

“所以，上帝存在。”

我松了口气，回到了我熟悉的领域。作为职业哲学家，我懂得如何搅拌这些难解之谜并引申出多种解答。也许二十岁时我“进入哲学”（就如有人进入宗教），就是为了坚定我对于这个问题的思考。

苍蝇就像拴了线，在我腿间飞来飞去。我微笑，然后回答塞戈莱娜说：

“我明白你要表达的意思：这涉及著作权争议问题。是人类创造了意义，还是另一个造物主——上帝，创造意义在先？人类在宇宙中追逐的智慧，是否来自它？今天的思考者们认为，被孤零零遗弃，缺乏参照、唯一制造理性的人类，自认为是荒谬世界中‘意义的守护者’。”

“那人类就是被扔到无水的宇宙中的一条鱼？”

“可以这么说……”

“那他会渴死的！”

我沉默了，对她的言下之意再清楚不过。是的，现代人正在让人类濒临灭绝。他们赋予人类智慧，让他心满意足，但也将他置于彻底的孤独。人类成为一种例外：他在不具思考的空间中思考着，在麻木不仁的背景下翻腾着，在毫无道德的混乱中追逐正义和非正义。他对外界关闭了大门，没有逃脱的可能！尘埃似的人类被证明是一个惨痛的错误。

苍蝇“嗡嗡”地扇着翅膀，停在我身体的裸露部位：手臂、腿、头颈、脸部，拼命吮吸我带盐的汗水，讨厌极了。

塞戈莱娜锲而不舍地追问：

“宇宙的秩序和智慧不正好提供了上帝的担保？”

“这是哲学上一个经典的论证。伏尔泰就曾说过：‘世界拥抱着我，我只能想到这个大钟存在，却没有钟表匠。’很显然，如果我在这条小路上捡到一块手表，我会用工匠的劳动成果来解释这个存在，我不会说是偶然制造了它。同样，在生命的背后，在生命的法则以及不断增长的复杂性背后，通过类比，我倾向于认为有某位了不起的手艺人在工作。既然人类被认为会思考、有道德、注重精神，那我觉得想象人类来自一位同样会思考、有道德、注重精神的上帝，完全符合逻辑，而不是什么分子爆裂或细胞的侥幸聚合。”

“哈，你同意……”

“不，我一秒钟都不会同意。首先，推论并不能构成证据；其次，完全可能存在无意图的秩序：达尔文的进化论告诉我们适者生存，那么不适者便被淘汰了。总而言之，他认为大自然会自我组织。最后，我觉得终极目的论概念本身就有些可疑，因为它体现出一种纯粹的主观投射：如何确定人类就是宇宙的目的所在？再说了，宇宙有目的吗？”

“什么，终极目的论不存在？举个例子，我们来看看眼睛这种完善的结构。你会认为它不是设计用来视看的吗？”

我想起来了，塞戈莱娜的职业是眼科医生。

“确实！我承认眼睛是用来视看的，但我不能证明它被设计出来就是为了视看。”

“哦，是吗？视网膜拥有五百万个锥体细胞和一亿两千万个杆状细胞，能捕捉光信号并将之转化为电信号，这是一种偶然？两个透镜、角膜和晶体离视网膜的距离正好可以聚焦光线，这是一种偶然？眼球拥有这一系列结构并被一层水状液体所保护，这是一种偶然？两个一模一样的器官对称而立，使我们有立体的视觉，这是一种偶然？两条视神经与大脑的某个区域相连，这是一种偶然？我们的大脑拥有处理这种神经冲动的神经元，这是一种偶然？偶然！我觉得相信偶然比相信上帝更不容易。用机缘、偶然性、巧合、可能性等来取代至高无上的存在，这导致一种盲目的信仰。实际上，你过分迷信偶然性了。”

“很可能我是错的，但这不意味着你就是对的。”

“对宇宙最好的说得通的解释仍然是上帝。”

“听听你所用的词语：‘最好的说得通的解释’，言下之意就是还有其他解释喽。如果存在多种可能性，那就不存在必然性，没有哪一种解释是必须接受的。”

一阵沉默，我们思索中又前行了一百多米。太阳像火石一样烤人。

“而且，”我补充道，“每当我看到造物的失败，比如海啸、风暴、地震、濒临灭绝的物种，生命体各种数不胜数的残缺，致命的病毒或细菌，我就会想上帝作为一名缔造者，不是个大师，倒像个学徒。那么多无效的尝试！看看有多少自然灾害？看看这地貌：太阳烧烤着的这片沙漠曾经是海底，那些曾经清水流淌的河道，如今都已干枯。那些峭壁是火山运动的结果，那些裂缝是大陆板块碰撞所致。如此浮皮潦草就是为了这样一个蹩脚结果！沙漠根本称不上杰作，因为根本没法儿在这儿居住。”

苍蝇抛下我盯上了塞戈莱娜。后者对我的长篇大论忧心忡忡。

“可是，我听说有哲学家提出过上帝存在的证据。”

“除了我刚才反驳的，目的论的证据有三个。”

“哈，你看看！”

“四个、四十或四千个证据，这不重要，塞戈莱娜！这些数字说明没有一条证据立得住脚。”

“那些证据是什么呢？”

“普世公认的证据是：在任何时代任何地方，人们总是相信各种各样的神。”

“完全正确，这没有触动你吗？”

“任何时代任何地方，直到不久以前，人们还在相信太阳是围着地球转的，存在着共同的幻觉，还有各种常见的愚昧。数量并不能说明真相。”

“另一个证据是什么？”

“宇宙学的证据：为了让世界处于运动之中，需要一个最初的动因，上帝。根据这种形式上的推论，一个个动因回溯，最后会荒谬地倒退到无穷无尽，除非我们能停在一个最初始的动因，而它，是没有动因的。只有全能的上帝，无所不知的上帝，时空之外的上帝才能孕育出宇宙，而不是虚空。”

“这还不够说服你吗？”

“这个引证站不住脚，因为在推崇因果论的同时，它就已经出局：它求助于超验性，求助于世界之外的没有动因的动因。而且，我还要质疑这种因果论，它足够解决问题吗？运用因果论，我永远也无法知道，是先有蛋还是先有鸡。”

“最后一个证据是什么？”

我轻轻冷笑道。

“本体论的证据：上帝，根据定义，就是拥有一切能力，因此必然拥有存在的能力。说‘上帝不存在’是一种矛盾，说‘上帝存在’才是自明之理。”

她做了个鬼脸，提前被说服。

“然后呢？”

“人们不懂得如何从观念的层面进入真实领域，人们混淆思维和现实两种范畴。存在是通过体验获得，而不是通过概念或推论获得。在我意念中蓬勃生长的东西在意念之外未必能存活。上帝停留于一种公设、一个梦、一种意愿、一种意淫……注意别把向往等同于现实。”

塞戈莱娜看着我，一脸痛苦，似乎一下子老了二十岁。我毫不留情，总结道：

“我所列举的这些思辨，完全可以驳斥。它们唯一的力量是，人类的理性做不到坚信上帝。这些所谓的‘证据’只不过是一些有利于上帝的论据，并没什么东西能表明上帝的存在。”

“也没什么东西能否认它的存在。”

我点点头表示赞同这观点，随后补充道：

“那就要靠确信上帝存在的人来提供证据。如果我声称有半人半马的怪物存在，我必须呈现我的资料。”

“不愿意相信上帝的人总能找到些理由。”

“愿意相信上帝的人同样如此！”

塞戈莱娜抬起头，直视着我的眼睛不容置疑地说道：

“证据的缺乏并不能证明缺乏本身。”

散乱的鹅卵石、裂缝、沟壑，预示着这里有一条枯河。远处几个石箭头表明我们进入了霍加尔高原。

走在我们前面的阿贝格停下脚步，手臂用力一挥，指着一堆岩石和沙地的凹陷处说：“那是我们的扎营处。”

我与塞戈莱娜言归于好。

“你说得对，到处是零。上帝只是以疑问的形式存在。每个人都在自问或已经自问过上帝是否存在，每个人都以自己的方式来回答。对于上帝的困惑，是对神明世界最基本的共识！”

她微笑着掏出水壶，缓缓地久久地吮吸着，水是她刚才在泉眼所灌。我也坐下来如法炮制。她擦了擦嘴，脸色好了许多，似乎恢复了平静。

“我们每个人都会遇到的上帝问题，”她说道，“更多引发了另一个问题，那是一种激发、一种召唤。人们只会去寻找认为应该被寻找的事物。‘如果你还没有发现我，你是不会来找我的！’”

她起身，向我做了个友好的告别手势，平静地去沙地寻找她的扎营处。

夜色笼罩大地。

“如果你还没有发现我，你是不会来找我的！”

为了不过于打击她，我忍住不去反驳。

这位上帝，它在哪儿呢？从它所谓的造物那里，我们无法触摸到。大自然既不谈论它，也不替它发言。我眼前只有一片可见的天地，而它的创造者却隐而不见。

黑暗渐渐把天和地交融到一起，山的轮廓延伸到无穷远，它的起伏、山峰、隆凸都消融了。

对，很显然，上帝不在场。

如果上帝想让我认识它，它一定是另一种表现，不是吗？

人类寻找上帝。更能触动我的应该是上帝寻找人类，上帝来跟踪我……

而这一切，我从来没有遇见过……

与塞戈莱娜灌输的相反，我并不寻找上帝。

我站直身子，环顾四周，感受到了无边的空洞。

“如果它在找我，那么让它找到我好了！”我对着群山挑战似的大声说道。

在那一刻，我怎么会想到上帝听见了我，并且在几天后回应了我？

9

睡意迟迟不来。

同伴们都已休息，大山也沉默着。被钉在黑色天幕上安静而冷漠的星星，凝固了时间。

我的手脚全部裹在睡袋里，活像一条包裹在茧子里的蚕蛹。我翻来覆去睡不着，头上的汗水浸湿了海绵枕头，甚至沁到沙地里。

我的左侧传来断断续续的鼾声。哦，哦，我是多么恼恨他们的酣然大睡！除非我能对自己的辗转反侧释怀……否则心里一直翻腾着一股怒火、气恼和忧虑。

“如果我睡不好，明天怎么还能走得动？”

可我的失眠症，几个月以前就好了呀……

我在向月亮微笑。

那份痊愈是多么美好的回忆啊：二十年的白夜，一朝尽去！

我从十一岁起，就深受失眠折磨。即便在一场晚会、一次橄榄球赛、一次自行车远足后筋疲力尽、浑身发软，双眼却还总是睁着。即使我二十二点就上床，深夜两点依旧还在等待睡意来临。与我的期待相反，我的性爱生活也没能解决问题。如果说接踵而至的快感、刺激、倦怠，最后的高潮，带给我无比的舒畅，可事后我还是睡不着。拥着另一位，听着她越来越沉、越来越慢、进入深夜节奏的呼吸，这种搂抱一开始我觉得很美妙，接着便觉得无比漫长，漫长到变成一种折磨。由于耐心耗尽，我逐渐养成习惯：翻身起床，光着身子小心翼翼坐到书桌边阅读、写作或听音乐。

我不知道是否失眠让我虚弱，但是它的日积月累毒害着我。我从来不会欣喜对待一天的结束，更不用说带着喜悦上床。那些让无数人欢喜的事，比如拉上窗帘、打个哈欠、发出呼噜声、裹在被子里、轻轻拍打长枕头的羽毛、亲吻爱人道晚安，所有这些对我就是一种受难。我试过老祖母的各种土法：数羊、背诵诗歌、回想令人愉悦的记忆、用冷水洗澡、临睡前喝牛奶、喝啤酒、喝安神茶，完全是瞎折腾！而我去药房买安眠药时，安眠药只是让我在第二天白天昏昏欲睡，夜里照样不管用。

一位朋友建议道："回忆一下你的睡眠困难起始于何

时，然后探寻一下围绕这个时刻发生过什么事件，你要找到原因。”我听从了他的建议。

我的失眠始于外公的去世，外公是我童年时代最喜爱的人，一个温和、智慧、有趣的大块头，整天俯身在工作台前镶嵌珠宝。外公话不多，但总是意味深长，一如他的沉默……什么事在他那儿总是恰到好处。他从十六岁起，就在锉刀、蜂蜡、钻石、金块、烙铁和镊子中埋头苦干。通过勤勉工作，他为妻子提供了优渥的生活，为女儿们提供了良好的教育。他有一辆不常开的豪华美国车，还在乡间买了别墅，每年夏天都会去那里住上两周。他工作起来就停不住，只有在同我们这些小孩子——他的孙辈们玩耍时，或者逗弄一下顾客偶尔带来的宠物时，才会放下手中的活计。那种时候，这个肩负重任的男人就会离开座位，或躲藏起来，或发明各式各样的游戏，或酝酿各种惊喜，他会四肢着地爬行，笑得在地上打滚。而在他五十九岁那年，一次心脏病发作夺走了他的生命。

有一段时间我听从了朋友的建议，分析围绕这一悲剧的场景。某天早上，我刚走进淋浴房，有一个句子击穿了我：“你外公永远睡着了。”我立即明白我是被这句话囚禁了整整二十年。因为别人是这样告诉我这一噩耗的：“你外公永远睡着了。”睡眠意味着死亡！睡着了，很可能从此长眠不醒……是哪个成年人甩给我这种倒霉的隐晦说法，还以为出于好心？不管是谁，他哪里想得到就此判决了我二十年无法合眼的漫漫长夜。

当我意识到失眠源头来自这个致命的句子时，顿时释然，心情就如被春雨洗过的天空一般。夜里我终于可以安稳入睡，第二天依然如此。我痊愈了！自此，我甚至还发现了嗜睡的乐趣。

而今天晚上，在撒哈拉沙漠深处，尽管热浪和长途跋涉让人昏昏欲睡，尽管密实的饭团让我们的胃麻木，我还是找不到那条瞌睡的小路。

某种危险在窥视着我，我嗅到了无声的威胁……是的，某个不知名的侵犯者潜伏在黑暗中，等着扑向我。

我哆嗦着猛然坐起身。

合成面料的摩擦发出可怕的响动，大家都会被吵醒，然后起来赶走敌人……

三十秒后，在无人动弹和不屈不挠的鼾声中，我确认自己没有打搅到任何人。我环视周遭，无色的地上，既没有毒蛇和蜥蜴，也没有田鼠，更没有野蛮人牙齿咬着匕首躲在岩石后虎视眈眈。是我的想象力塑造了这危险。

然而还是有东西令我不安……

我把手臂从被子里伸出来让自己振作精神。在我的头顶上，天空威严、壮丽高贵，布满熠熠生辉的群星，表达着与我完全不同的心情。天空跟我阻隔，我就是一只无用的蚊子在细沙洞里乱飞乱撞。一股远离熟悉环境的生疏感升腾而起，突然抓住我。陌生的情感波涛侵袭着我，把我从日常的舒适中抽离。我的四周没一样东西是我熟悉的：我离开了我的住所，我的日常生活消融了，日常习惯也如此。高原陷入夜色，失去了轮廓，日常的物品：小刀、背包、灯、书等，一点用场都派不上。我的参照系统垮了，包括最新的参照。一切都变得不同寻常，我感觉自己完全赤裸，被流放，孤独无助。

我怎样才能驯服这种陌生感，使之变得平常？

一颗流星从猎户座前划过，我的恐慌加剧，太阳穴滚烫。流星划过的现象发生在多远的距离？一个超出我想象的距离……一个让我感觉自己渺小又可怜的距离。我浑噩于宇宙一角，世界在不断膨胀着，一百四十亿年的宇宙在我之后将继续存在着。即便我看上去无比巨大的所在，其实也十分渺小。星球后面还有星球，银河外面还有银河，成千上万亿个银河系占据着不可抵达的无穷。我是隐没于无穷虚空中的一粒尘埃，是物质世界和时间长河中的尘埃。

我的心脏要跳出胸口，我听见它撞击着胸腔，渴望逃遁……

我是谁？昏暗中即将被风熄灭的一支蜡烛，不值一提！此刻，我可以大声说："我存在！"但我的肯定中包裹着恐惧，因为我在虚张声势地调动着狂热。我并非一直存在，我只是两次永恒间的刹那，我之前的永恒和我之后的永恒；我只是两场虚无间的短暂生命，我之前的虚无和我之后的虚无。如果说永恒没有来打搅我，那两场虚无却吞噬着我。说"我在"就意味着"我将不在"。活着只有一个真正的同义词：必死。我的伟大成为我的贫乏，我的力量成为我的不完美。高傲与恐惧混杂。

是谁把我扔在这里，扔在这一堆卵石中？出于什么目的？为什么如此仓促？

我并非什么都不是，而是几乎什么都不是。"几乎"，就是我的处境。几乎存在，几乎虚无，但两者都不是，而是一种混杂的焦虑。

宇宙在我面前展示着它的洪荒之力，它既可让我惊叹也可将我碾轧，我呆立于此，头晕目眩。面对它，我越来越渺小。我在，然而已被注定什么都不是，我只是匆匆而过。我的存在是那么微不足道，被定格在两个荒谬的现象之间——我的出生与死亡。一种分离在等着我，粗暴而无可避免。与这个世界分离，与我周围的人分离，与我自己分离、割裂。我只能确认一件事：确认我会失去一切。

一个声音从我心底冒出，冷笑道：“你应该高兴！对于死亡的恐惧恰好说明你还活着！当你想着你什么都不是时，你还是。相反，当你不再这么想时……”

死亡，我无法将它想象。是崩塌？是黑暗？是寂静？太具体了。那么是空？需要充盈才能抓住空。是时间的停滞？当时间未被亲历，时间又是什么？……我不知道。思考虚无，就是什么都不思考。没有任何呈现被提出，因为要呈现事物，人们必须处于知觉中，而我一点都没有。

我在漂浮，恐惧将我从这个世界拉走。为什么生命有限而死亡却无限？一阵阵恐慌侵袭着我的身体，我口舌发干、心脏几乎跳裂，我想大喊大叫。

“埃里克？”

我吓了一大跳。

阿贝格蓝色的身影立在我的左侧。

他伸手小心地摸了摸我的肩膀。

他从我的慌乱中察觉到了什么吗？他不露声色地示意我跟他走。我很乐意从睡袋中钻出。

我们走了二十多米，来到一片荆棘丛生处。阿贝格刚才拒绝我们在那里扎营。他停下脚步用手指着沙漠里的一团影子，我花了一分钟让瞳孔适应黑暗，终于看清是一条蝰蛇在吞吃一只蜥蜴。蛇的大嘴外悬着蜥蜴的半条尾巴，早已僵硬。

阿贝格低声让我明白，由于水洼吸引了蝰蛇的猎物——田鼠和蜥蜴，因此蛇在这里大量繁殖。一阵摩擦声证实了他的说法。一条蝰蛇连续侧身弹跳钻入一条石缝，在沙地上留下一道“S”形的痕迹。阿贝格又指给我看不远处一个有一双竖眼的三角形脑袋。

我打了个冷战。

我们就睡在一个蛇窝边上。尽管它们的毒液还不至于使我们毙命，但足以损坏器官、损害皮肤、侵犯神经系统。

“怎么办？”我轻声问。

据唐纳德预言，图瓦雷克人与我用不同语言也可以交流。

他回答我说当太阳露出一小点时，蝰蛇就会蹿出来吸吮尸体上的露珠，黎明是最危险的时分。

他说着从褡裢中掏出一个袋子，打开抓了一把粉末递给我闻，我嗅到了硫黄的气味。他用四个动作向我解释我们要在营地四周画出一道安全防线，把入侵者挡在外面。

我们慢慢地、小心地寻找可以踩下我们光脚丫的地方，随时注意有无毒蛇的动静。我们开始构筑这道奇特的平面防线。

好几次，一些细微的响动让我心惊肉跳，小树丛里稍纵即逝的晃动让我惊骇。

仅是害怕某个对手的感觉真是好！我能辨别出危险所在。阿贝格把我从一种莫名的恐惧中解脱出来。作为沙漠中的男人，他应该知道，给出确切的目标，害怕就能掩盖恐慌。

10

两天来我们一直行进在阿塔科，这是霍加尔高原地貌最纷杂的区域。平面空间的炫目外加垂直空间的炫目，每时每刻都有新的山峰、新的石堆、新的沟壑出现。

在灼人的阳光下，我们穿越易怒而狂野的大自然年轻时代工作过的这片工地。大自然的力量将粗粝的岩石从沙堆中隆起，喷发出几百万吨的火山熔岩。大自然将这些灼热的物质到处倾泻，覆盖到山峰、山脊、山的周围，形成皱褶、小丘、隆起、火山锥、石拱、裂口、裂谷、冠岩。它极度兴奋，醉心于试验它的才华，有时出众，有时笨拙，但总是充满创意。

那时，还没有人类来承租大自然的工作，大自然要到后来才创造出人类。可它好像从此对自己的杰作兴趣不再，工地似乎也被抛弃了。水和风多少个世纪的侵蚀，让这些巨人般的雕塑变得模糊、黯淡，失去了它们逼人的气势。

今天，这里的杂乱无章开始占上风。岩壁脱落风化，成堆的坍塌物破坏了山的线条，巨石挡住小路，大自然的杰作沦为废墟。偶尔，混乱无序有所缓解，露出一道干净利落的山脊，一座浑圆的山包，一条轻巧的小道。但大部分时候我们必须保持戒备，跃过沟坎或攀爬而行。大量隆起和突出之间的高原上漫长的道路，让我们筋疲力尽。酷热、缺少树木和树荫，都是生命的敌人。

我们随后来到一些管状峭壁前，壁上布满气泡似的凹坑，被钙化侵蚀。地理学家托马欣喜若狂，就像老鼠掉进了米缸。他不知疲倦地这边走走那边看看，弯腰捡点什么，点评、定性、分析比较。更有意思的是，他几乎成了石头收藏柜。如果说最初几天他还出于谨慎，克制自己不装更多石头，现在矿物探宝者再也无法抵御各种石头带来的乐趣。

他的背包越来越沉，阿贝格与我不禁对视了一眼，差点笑出声来。图瓦雷克人在我背包里塞石头的小小恶作剧，托马先生却是自愿领受。不过他发现的东西也很让我们着迷，一些深灰色、黄色甚至粉红色的粗面岩，还有一些形状独特的石头会发出颤声，仿佛内里被镂空。这些响岩在空气中暴露久了，变成绿色，也有白色。

到了黄昏，周围的景致变成噩梦般的场景：在暗夜完全笼罩它们之前，山体的轮廓有那么几分钟在微光下改变了浓淡，风化的岩石变成无数巨大的怪物：有敞着伤口的独眼巨人，有被一剑劈碎的巨人骨骼，有长着凹凸不平长鼻子的巨兽，水肿的皮肤布满结节。

接着黑夜扫除了这残破收容所里的一切。我们在黑暗中戴上手套、帽子，穿起滑雪衣，围着一堆令人心安的篝火。这与白天的闷热是多么巨大的反差！我们在二十四小时里，依次对抗着炎夏和寒冬。

这个早晨是我旧生命中的最后一个早晨，但那时我还不知道。

黑夜从我身上经过，宛如飞鸟掠过我身边。我在扎营的河谷中精神饱满地醒来。

这一次，我们的营地不像平时那么临时，我们计划攀登塔哈特，海拔三千米的霍加尔高原最高峰，我们就在它的山脚下扎营。

因为营地将是明天爬山的大本营，有人趁机放弃这次远足。关节肿痛、脚底起泡、不堪重负的脊柱都需要休息。热拉尔向我宣布说他不参加爬山，当我看见他偷偷摸摸吞下一大把药片时，明白他一直掩盖的健康问题剥夺了他的一部分自由。他祝愿我登山顺利，随后就消失在一座小山包后面了。多么古怪的性格！我很喜欢这个男人，但他并不帮我。虽然他是慷慨之人，提供我自己无力负担的这次旅行费用，然而他给我的感觉就是在独自旅行，没有我。他几乎总是沉默，在别人的冷嘲热讽中封闭自己。他让我无所适从，他自己显然也受困于害羞和拘谨，为内心的热情构筑了一道墙……他这种谨慎与热情相混的性格，让他在我眼里成了一个谜。至于我的同伴们，早已把他判定为不受欢迎的人。只有塞戈莱娜，拒绝说他的坏话，并被他老愤青的魅力所吸引。

阿贝格向我解释说他要留下来照看疲惫的旅客、营地和单峰骆驼。我从他的神情中猜到他认为攀爬塔哈特峰简直荒谬。有什么意义？那里有什么可以猎获的吗？有什么可以采摘的吗？有什么可以喝的吗？什么都没有……他不认可这种努力，我们的好奇心在他眼里就是欧洲式的幼稚病。

这片高原阿拉伯驼队也避免进入，因为他们称这里为干渴和恐惧之地。他，图瓦雷克人，懂得如何慢慢潜入，但是去侵犯它，过于打搅它就……再说了，与旅游者的区别是，他可没兴致要创造什么纪录、进行什么比赛。他任何时候都无须向周边人炫耀："我登上过那里！"

我很想粗暴对待他，向他吹嘘这次冒险，向他保证说一旦登到峰顶便可用上帝的目光来看待他的家乡。

正当我打算斥责他时，发现他正盯着河谷上方一只飞向最高峰的雄鹰。他灵巧的脖子随着鸟儿的飞翔慢慢转动，几乎与之融为一体。阿贝格纯净的眸子中透露的那种专注让我惊呆了：我感觉仿佛有一根看不见的线将他与猛禽相连——一根紧绷的、有心灵感应的线。他正在用那只大鸟的眼睛来勘察我们的栖身地和四周环境。

我们六个人出发，唐纳德带队。大家一致决定选择路径最长的那条线路，我们的目的更侧重于行走而非登顶。没有清晰可辨的小道，我们只能在岩石和碎石间选定方向，以便从主峰左侧的山脊爬上去。

不用背着沉重的背包，我有一种出发度假的感觉，重新获得轻松和愉悦。我只穿一件针织短袖运动衫、一条短裤、远足高筒靴，腰带上拴了点给自己降温的必需品。

随着不断往高处攀爬，我们越来越觉得心旷神怡，一切变得宏伟壮阔，我们眺望着延伸到无尽远方的大地和地上的各种隆凸。远处，群山似乎静卧于平坦的大地上，它们突然间被从地球最深处驱逐，已疲惫不堪地瘫倒在那里几千万年。起伏的山体看似平静，凑近才知全然不是，我们面对的是成堆的崩塌物、陡峭的裂谷或各种石柱。

我们穿过一道道引领我们通往天空的大门。

托马与我形影不离，我与他十分投缘，有共鸣。一些有着无数划痕和裂隙的山峰，奉上成千上万片美丽的层叠石，有些风化了，有些中空了，发出空洞的声响。托马指给我看那些由响岩组成的音乐石壁和凝固成巨大管风琴般的流纹岩，我惊讶地凝视着它们，想象风吹过这些硕大无朋的乐器时管道发出的歌声，巴赫或布鲁克纳的旋律……我们一路攀爬，他一路指给我看旧火山熔岩石堆中肉眼可见的水晶石、长石、响石。我所见的不再是一位严肃的、关注行使自己权威、急切表达自己学识的教授，而是一位关心人的、对自己的爱好充满热情、充满活力和渴望新发现的五十岁男人。

一登上峰顶，一种无与伦比的狂喜淹没了我。

撒哈拉之巅……身前是无垠，身后是无垠，左右两侧还是无垠……浑圆的地球……

我脑子一片空白，只是沉默着，把自己缩减到只剩一双凝望的眼睛。脑海里没有浮现任何有意义或有智慧的思考，我只满足于尽情地看、尽情地嗅。

托马站在我右侧。我们充满幸福地欣赏着这无边的风光。我们就这样伫立良久，被相同的思绪带走。然后他需要指出这些山峰的名字：这是阿卡夫，这是赛尔加，那是阿塞凯姆……我宽容地表示赞许。其实名称并不重要、无足轻重，在无法用语言形容的大自然的鬼斧神工面前，人类是那么微不足道。我喜欢的并不是托马对我说了什么，而是我们可以分享彼此的激动。

唐纳德掏出替我们背上来的快餐：面包、白水煮蛋、香肠。没法安顿下来，悬空让人心悸，狂风也在摇晃着我们。那些久经考验的攀登者临风而立，我倚靠着一块岩石，塞戈莱娜则坐在一块石头上。我狼吞虎咽，在离地面三千米的高空，鸡蛋黄或柔软的面包片都平添了罕见的滋味。

“往身上喷水！喝饮料！”

唐纳德强迫我们随时补充水分。遵照他的嘱咐，我们需要喝水并往脸上喷水。我从腰带解下唯一的行李——水壶和喷雾罐，一边往脸上喷依云水，一边咧嘴笑了起来。因为我感觉冰雪的阿尔卑斯山与黑色的霍尔加在我的皮肤上瞬间相遇。

在我们右下侧很远的地方，托马让我辨认塔哈拉河干枯的河床，我们就扎营在这条弯弯曲曲的河道里。因这样的距离，我无法辨认出那里是一个人还是一匹骆驼。我们成了世界的主宰。

休息完毕，唐纳德命令我们返程。

“我来开路！”我大声说道。

“你还记得来的路吗？”

“没问题，我记得很清楚。”

为什么我要这么说？我是从哪儿冒出的念头认为自己

记得那些碎石小路？我怎么可以忘记我是个没一点方向感的人？

我兴高采烈，开始下山。

托马跟着我，但慢慢落到后面去了，他背着的石头让他越走越慢。

我陶醉于幸福中，前冲、跳跃、奔跑。根本用不着回头看，也用不着核实路线。我喜悦于自己的活力，双腿矫健，脚踝强劲，脚底踏在平坦的石头上，避开晃动的卵石。我丝毫没有气喘吁吁，感觉自己所向无敌。

哪里能放缓速度？更快！我要前进得更快，毫不松懈。一种可控的晕晕乎乎的感觉占据着我，从未有如此多的空气鼓胀我的肺泡，我的心脏充盈了太多的热血，如果我不往前走，它就要被撑破。

我奋力前行……谨慎起见我应该等等同伴，而我沉醉于我的力量和自由。独处让我热血沸腾，谨慎小心有什么用？我对自己如此自信。

我埋头走了几个小时，几小时就像几分钟那般一晃而过，一点也不觉得累！

终于到了山脚，营地应该就在右侧。

我发现了一具惨白的骆驼骨骼。咦，来的时候好像没有发现呀。

我立刻停下脚步。

在这两堆耸立的大石头后，正常情况下我应该已经到达营地。围着石堆转了好几圈，我找不到参照。我有些意外，但并不慌张，又前后左右走了几步。

发生了什么事？

什么也没发生。

我什么也认不出来了，或者说我来到一个已知的地方，但顷刻间，它变得认不出来了。我这是在哪儿呢？

我没有愤怒，也没有恼恨自己，我只是不明白。我站在那里，呆若木鸡。

突然，我一阵战栗，同伴们，他们到了吗？

大山呈现一片空荡。我是从哪儿经过的呢？我该重新回到山顶吗？我察看四周，越看越疑惑，岩石与岩石之间、山峰与山峰之间、沟壑与沟壑之间，有什么相似之处呢？

我意识到今天下午我掉入了一个陷阱……路与路相似，却不是同一条路。

我喊道："唐纳德！"

我的声音让我稍感心安，它依然洪亮雄浑，人家一定能听见。

"唐纳德！托马！"

没有任何反应。

“哦喔……”我提高嗓门、拉长语调又喊了一下。

好了，我好像听到有回应。

我松了口气，重新喊几声并竖起耳朵。

回声再次传到我耳膜，被一块块岩石撞得断断续续……

回声过后是寂静，刺耳的寂静。彻彻底底的寂静。

现在，事实很清楚：我迷路了。

11

我被惊到忘了饥渴。

怎么办？

重新爬回山顶……不行，天快黑了。

等待……等谁？等什么？

我咬紧嘴唇，咬到出血。

叫喊，继续叫喊？竖起耳朵？刚才我强迫自己喊了二十分钟，喊得筋疲力尽！休息片刻后，我重新开始……

大自然并不特许我时间，太阳先是变得通红，然后喘口气的工夫，天边就空了、黯淡了，山峰隐没。一股寒冷的狂风咆哮着吹过石缝和峡谷，直扑向我。

我打了个寒战。

呼唤我的伙伴一点不起作用，狂风早就淹没了我的声音，吞噬掉回声。沙漠的声音不再属于我。

只过了几秒钟，我就周身寒彻……直打哆嗦。

没有选择，赶紧躲起来，快。

我在大石头后寻找栖身之地时，发现自己既没毯子也没睡袋，甚至连套头毛衣、长裤都没有。我怎么抵御这寒冷的冬夜呢？

我蜷缩在石头堆里，这里还留有些许阳光的余温。我像一只走投无路的动物，在那里贴着石头，汲取它们的热量。

热量很快蒸发了，我牙齿打架。

风劈头盖脸扑来，席卷所有地方。

我决定挖一个沙坑，以沙为被盖住自己。

我立刻动手刨坑淘沙，弄平整坑壁，然后站进去躺下，把自己埋起来。

我就这样仰面而躺，对着黄昏的星空，思绪纷飞。在我脑海深处，有一个声音在呼唤我，带着责备的语气说我现在应该能确定一下自己的方位，因为天空已经展示了标记。可我从来没有记住过四个方位的基点，我一直把夜空看作一幅画而不是一张地图，仅满足于欣赏星球的美感。

误入迷途……

没一点吃的。

用露在沙子外还能自由活动的手，我检查了一下水壶里还剩多少水。顶多四口，我喝了一口。

我闭上眼睛，脑子飞快转动。不喝水一个人最多能活多久？我一点也不知道……我搜肠刮肚自己的文学记忆：肯定在某本小说中看到过，是不是？四天……三天……三天是不是足够长到让别人找到我？相反，要是人家找不到我，等死的时间又太长了。

我艰难地咽了口吐沫。

死亡……这便是等待着我的结局。

我重新睁开眼睛，十分慌张，我终于彻底意识到自己的处境：迷失在沙漠里，没有水，没有给养，只穿了短袖短衫。这一周里唯一见过的沙漠驼队，就是我们自己的队伍。而最近的村庄塔曼拉塞特离此地有一百公里。我的处境极其严峻。

我慌张、烦躁、担忧、恐惧，刚才已被降临的夜色击溃，现在又要被恐惧折磨……

12

埋葬。

仰卧在黄沙的棺椁，我面朝夜空。

星空看上去不如沙漠那般浩瀚无垠。我的心脏在大幅度地一缩一放泵送血液，在不安和警觉下，我沮丧地在沙坑里继续活着，十分清楚我什么也指望不上。

埋葬……

在银河下这堆寂静岩石中，我还能苟活多久？等待着完全僵硬……要是我能睡着就好了！睡眠能让人藏匿于遗忘。可我不但睡不着，头脑还无比清晰，思维不停运转，仿佛即将能找到解决之道，仿佛头脑的警觉能让我逃过一劫似的。

埋葬……

我坠落得如此之深！还在继续下沉……我将很快消失

于尘土。内心深处我倒是盼望如此，几乎巴不得。死亡比等待死亡要好。那份安宁，虚无中的安宁，比起让人无法忍受的清醒，更吸引我。

埋葬！

出于本能，我很想如胚胎般侧身蜷缩，可我挖的这个坟墓不允许我侧过身。奇怪……我怎么也想不到几把沙子的分量会这么重，现在我就这样被困在自己精心打造的沙坑里。

发生了什么？

啊……

我感觉自己似乎正在消退、解离……或者有人正在将我拉升……怎么会？掉到最深处后会有反弹？

还在继续……

我升起来了，我掠过沙地，掠过成堆的岩石和……我在飘浮。

太不可思议了：我有两个身体！一个在地上，另一个在空中。而我一直像精细的记忆那样，清晰感觉到沙子压住我的双腿、我的身躯，我飘了起来……在下面瑟瑟发抖的囚徒被解放了，变得轻盈、不可触摸，从容地升腾到这一片景色之上，既不怕冷也不怕风，甚至都用不着呼吸。

这里，又温暖又舒适。

我的意识失去了平常的轨迹，失去了思考或计算的能力。时间变缓，我在飞翔，天空屏住了呼吸，星星静止不动。

这股将我拉升并在高空托住我的力量来自何处？

我一头雾水……这股力量来自外部？来自内部？我不认识它，无法定位，参照系统消失了。

已经发生了巨大改变，我感觉那股力量又开始干预。它，它让我变大！是的，它拉伸我的四肢，让我变成巨人，让我扩展得如同这高原一样辽阔，我将主宰和铺满撒哈拉大沙漠……

那股力量继续作用。它让我四分五裂又不伤害我，相反这种肢解充满温柔，美妙无比。一种祥和笼罩着我。

我惊讶得目瞪口呆，但惊讶不会持续很久，因为我能预感到，我将舍弃旁观者的角色，自行消失在这份宁静之中。我能猜到，是的，我会像糖融化于水那样快活地消融于这份宁静。

我的血在奔涌，洋溢着幸福。我很笃定，我的心脏不会破裂。

时间完成了它的蜕变：它静止，不再流淌，变得丰富、共振、密集，拥有成千上万层。时间变厚实了……无须读秒，时间在。

喜悦。

火焰。

那股力量横冲直撞。我听凭它摆布。它钻进我的身体、我的思想，我被辐射了！

我与这道光芒结合。

大地的消失带来天空的消失。我悬浮着，却哪儿都不在；离开了时间，也就离开了空间；我在路上，失去了我的意志，因为它与另一个意志相勾连。我抛弃一切：沙漠、世界、我的身体、我。我很快将与这股力量融为一体。

这股坚定不移、不可遏止、活跃于宇宙间的力量，我被它吸收。

我接收到了一些信息……

什么？

这些信息太难了！不是难以捕捉，因为它们是被强加的，而是难在无法转换成语言。词语，可怜的词语根本无法为我所经历的一切打开进入之门。词语的发明是用来描述物品、石头、感情、人类的现实或人类的近邻。如何定义超越或融化这一切的力量？这有限的词语如何能表达无限？这可见的标签如何能为不可见盖上印记？这些愚蠢的词语是为了盘点世间之物，而我进入的是一个超越尘世的世界……

绚烂夺目。

迅如闪电。

我感受一切。

突然，我领悟了整体。

找不到词语，这不重要！我脑海深处有一个声音在对我说以后我会找到的。此时此刻，放弃自我，只是接收……

我拥抱……

拥抱……

火焰。

我就是火焰。

光明越来越亮，难以承受。

正如我不再用语句思考，我也不再用眼睛、耳朵、皮肤来感受。我浑身起火，正在向某种存在靠近。我越往前，就越坚信；我越往前，疑问就越少；我越往前，就越清晰。

“一切都有意义。”

祝贺……

我遨游在一处没有为什么的地方。

我变身的火焰将遇见火场中心……我将消失在其中……

这是最后一个步骤吗?

火！

灼人的阳光，我在燃烧，我在融化，我失去边界，我进入了火炉。

火……

13

永恒持续了一整个夜晚。

将我托起的那股力量又将我轻轻放回地面，我无法动弹的旅程结束了。

渐渐地，我找回了智力和记忆。

渐渐地，我重新降落到自己身上。

那股强大的光芒远去了，但我们并未分离：它在我身上留下了痕迹，鲜活、热烈地埋藏在我内心最深处。此刻，它开拓着新的居所，在此怡然自得。

词语回来了，更甚，它们争先恐后地涌向我，因为它们急于盘点所发生的一切，准备好笔录。它们排好队伍，如一队队思维的士兵，一点想不到它们的无能为力。

我重新找回正常呼吸，重新融入我这缩手缩脚埋在沙坑里的二十八岁的躯体。一阵抽搐提醒我卧坑的不舒适，提醒我寒冷气温下的瑟瑟发抖。风在呼啸、肆虐而暴烈。

有一种确切性在一切之上闪耀：它存在。

谁？

我无法命名它，它也从未给自己取过名字。

它存在。

谁？

谁是我的劫持者？谁将我从沟坑里掠走，赋予我无限的喜悦？

词语成群结队涌来，我挡住它们的队伍。描述一种身体留不住的力量，一种超越形式的呈现，这可能吗？我只能勉强想象我所融化其中的那个存在，因为我既看不见他、听不见他，也无法触摸到他、拥抱他。我放弃想要定义这种非生非死之状的念头。作为奖励，词语的参谋——语法——出场了，强迫我说起“他”就像在说一个人，实际上“他”并不是这样出现在我面前的。我摇摇头，驱赶那些词语的士兵。

谁是我的劫持者？

我带着温情陷入沉思……

狂喜[1]……我狂喜……“他”让我狂喜……

---

〔1〕劫持者的原文是 ravisseur，狂喜的原文是 ravi，这里作者用了一个词语游戏。

为了更进一步，我大概只能把“他”命名为上帝。

或者火……

上帝，为什么不呢?

对，就叫“他”上帝吧！即便这不是“他”的名字，这样称呼“他”也是最不荒唐的。这个单词被用得如此频繁，就如一枚旧硬币被磨损得失去了特征，但还留着光泽。

上帝，我的心触碰到了“他”。是的，“他”来到我心底，在我身上开挖了一条两个世界之间的通道，我们的世界和“他”的世界。我拥有了钥匙和路径,我们再也不会分开。“他”的存在是一种多么巨大的幸福啊！喜悦！借由我崭新的信仰，我以一种强大的方式检验了“他”。

“他”教给了我什么?

“一切都有意义，一切都合理。”

这句话温暖着我，准确地标记了我所收集到的一切。

从此，当我抓不住某件事物时，我先欠着。我勘不破的玄机，只是在我脑海里缺失，而不是在现实中缺失，仅仅是我有限的意识遭遇极限，而非宇宙。

“我马上要死了吗？”

我记得在我心醉神迷的过程中我问过这个问题，我得到了一个神奇的回答，既清晰又不清晰。不清晰是因为我垂危之时那股力量并未向我宣告什么，清晰是因为它向我解释死亡是有用而神奇的，我应该学会接受这件事，甚至还应该喜爱它。那一天将会是个意外之喜！死亡并非终结，而是一种形式上的改变。我离开大地是为了抵达故园，抵达那未知的初始之地。带着极度的安详，我触及了死的奥秘，一如生的奥秘：带着信念！

周围的空气微微颤抖，天空变幻色调，黑暗即将隐去，另一种光芒呈现。

我浑身放松，一种舒适感弥漫周身。我的皮肤、肌肉、内脏流动着一股心满意足，甚至性高潮般的快感。

一道隐约可见、模糊不清的光芒投射到塔哈特峰，黎明在努力探头。我重新回到了正常的时间，自然界的时间。而在夜里，我曾经灵魂出窍，触碰到了永恒。

苍白的太阳缓慢升向山顶，仿佛大病初愈，但不屈不挠。

突然，我恍然大悟！如果说星辰在打量着我，说明我在大山错误的那一侧：我们扎营的塔哈特河床位于山脊东面而不是西面，而我则留在了山体西面的山脚下。

我必须重新攀到山顶……

我有足够的力气吗？我既没吃的也没喝的？

“要有信心。”那力量鼓励道。

想着刚才收到的礼物，我笑了：信仰……

我的命运就此被封印：要么我继续游荡，带着信仰死去；要么我找回团队，带着信仰活下去。两种情况，我都无怨无悔，听从命运安排。

我感到一阵解脱，闭上干涩的眼睛，终于沉沉睡去。

14

我醒来时太阳已高挂，红彤彤的。我亲切地端详着成为我同伴的星辰，因为我明白了在沙漠里，如果人们行走，不应该看地面而要看天上。顶级的向导就是太阳和星星，其他都属于短暂的虚幻王国。

离开沙床，我掸去皮肤和衣服上的沙子，深深吸了口气，暖意回到了身体。

蹊跷的是，周遭的景致现在看上去很亲切。那些裂口、河谷、崩塌的石堆都没有释放敌意，它们在等待我跨越，甚至在邀请我过去。

我往嘴里滴了几滴水，让它们贴着干涩的上腭滚了许久。当我终于咽下这口水的时候，感觉整个身体都在抢着吸收。我盖好水壶，发誓只在穿过山口后才能再碰它。

我一点也不焦虑，我只是在实施一个计划，唯一的计划：从这倒霉的一侧爬到山顶，瞄准我们的营地，然后快速下山。

我向崎岖的石径发起冲锋，脚踝没有颤抖，大腿也没有，腿部显示的力量与我的意志一样坚定。我迈着矫健有力的步伐，越过斜坡，绕过峭壁，踩过滑脚的砾石堆。

我的活力让自己也目瞪口呆。精神上我既心虚又饱满，身体上我不觉得饿也不觉得渴，仿佛机体将日常之需置于休眠状态。

我清楚自己在地理方面的无能，于是选择一个标志——山脊——并紧盯不放。顾不上斜坡是否陡峭，手脚并用往上爬。我更愿意选择攀爬困难但路途较短的捷径，而不去计算折过了几个弯口，那样我会很快迷失方向。我认定只能依靠直觉，不能相信我对路径模糊的记忆。

开始，一切顺利，我毫不怀疑将很快到达最高点。不过山脊似乎在随着我的攀爬不断长高，我的目标在不断后移……但我依旧毫不担心。这是我的任务，唯一的任务，我将全身心投入，不屈不挠。

没有犹豫、没有遗憾、没有怀疑，我专注于调节自己的呼吸。几小时后，我接近了山口，肌肉的力气耗尽，我打开水壶。

“你的诺言！”

内心的声音将我拉回理智。

我顺从地不去动腰带上的水壶，只是用喷雾罐朝被晒成褐色的脸上喷了点依云水。

“继续，径直往上，不要往后看。”

方向不一的风，在山石间回旋。正好，这样可以略减火炉般的炎热。当我哼唱曲调，调整步伐，风灌进口腔，愈发让人口干舌燥。不许喝水！我紧紧闭上比砂皮还粗糙的双唇。

脑海深处，我在弹奏着一曲莫扎特的交响曲，一心想着乐谱，不知不觉中就爬到了山顶。

登上顶峰，我的喜悦有三重：我成功到顶了，重新认出周围的景象，更重要的是我辨认出了扎营的那道白色河床。

我忍不住大声叫喊。

“噢，噢！”

一阵狂风刮跑了我的声音，在这种条件下是没法让人注意到我的。必须下山。我再一次选择了直线下降。我的手掌抵着锋利的石块，胫骨贴着陡坡。

我孤注一掷！

我喝光了水壶里的水，剩下的水珠一触到我僵硬的舌头立刻就蒸发了。

不能迟疑，天黑前一定要赶到山脚，否则……

我拒绝细想，一股脑儿往下冲。

并不是恐惧或慌乱促使我朝塌落的岩石堆奔去，而是信心：我必须给自己一次机会。如果我不能成功，我将死去，这并不悲伤……然而只要还有转机，我必须尊重我的生命。

我身上的力气没有背叛我，我一路冲下去，身体就如被太阳贴在地面上的影子一样轻盈。

偶尔我也会担心触发塌方，因为脚下的路如此迅捷地后退，不过这不正是一个好办法，传递出我在这里的信息？

我一路滚下去，心脏剧烈跳动，速度已不受我控制，完全取决于坡度。我会失去平衡吗？我感觉自己在往前冲。

“埃里克！”

我看到下方几百米有一个蓝色的身影。

我呆立在原地。

阿贝格在朝我挥手。

这是海市蜃楼吗？

我也抬起手臂。

他左右挥动着手臂。

我也照做。

他张开双臂表示胜利。

我激动得嘴唇颤抖。如果我脱水的身体里还剩一盎司水的话，我现在肯定是泪流满面。

我拼命往下奔。有时我能看得见他，有时他又消失了。

现在我再也看不到他了，我是不是又搞错了？

突然在一块大石头的转角处，我一下子冲到了图瓦雷克人跟前。

一抹无比灿烂的笑容洋溢在他脸上。

“埃里克！”

他张开双臂，我扑进了他怀里。

贴着这个瘦长骨感的身体，是多么美好的感觉啊……紧紧抱住他是多么愉快啊……

我听到他喉咙口发出的笑声，我被感染，也“咯咯”笑起来。随后我们开始哽咽。

接着，我彻底放松下来。

阿贝格不安而又害羞地又哭又笑。

他打量了我一下，用手按住我的肩膀，担心地摇摇头，递过他的水壶。

我迫不及待凑近壶口。喝了两大口后，他阻止了我，我抗议。

他让我明白必须小口小口喝，否则我会生病。我顺从，很幸福可以听命于一位真正的撒哈拉人。

他抓住我的胳膊走上小路，嘴里一直在不住地说着什么。

是什么奇迹让我可以听懂他的絮叨？我不知道。他向我解释说他一整夜都没有睡觉，他对着群山呼喊了上百遍我的名字，他在不同地方架起火堆以便给我标记。早上看到我还没有回来，他猜想我可能被困在山口的某个裂缝，在那里呻吟。所以他一整天都在搜寻那些断层。

我用词语和手势解释为什么我没有听见他的呼唤也没有看见他的火堆：我在山体的另一侧睡着了。

每次我对他说话时，他都会开怀大笑，带着孩子气的快乐注视着我。

小路转了个弯，我们可以看清营地、骆驼和睡袋……

狂喜的阿贝格停下脚步，朝那个方向大声呼喊。

唐纳德冲了出来，热拉尔也冲出来。

阿贝格指给他们看跟在一旁的我。

所有徒步者都走了出来，朝我们鼓掌。如同戏剧中的高潮，阿贝格环住我把我抱起来，仿佛这就是他获得的战利品。

他那种深深的喜悦让我十分感动。

我们继续往回走。

现在高度紧绷的神经一下子松弛，疲倦立刻让我瘫软。尽管阿贝格不时停下给我水喝，我几乎踉跄着扑倒在营地。

唐纳德向我冲过来。

“你吓死我了！吓死我了！我做了十年的徒步向导，从没有丢过任何人。”

随后，他意识到只关注了他自己，因此一把抱住我，以表示他的歉意。

热拉尔走上前来，激动得说不出话，只是简单问：

“发生了什么事？”

我向他讲述我昨天登上山顶时的狂喜，我任性地要做排头兵，我自负地过于快速下行，我的迷路……

等要说到夜晚的那个时刻，我停住了。

“然后呢？”热拉尔追问。

我只是回答说我藏身在两块石头之间躲避狂风和寒冷，声称自己睡着了。然后三言两语说完我刚刚过去的这一天。

热拉尔放心了。但与我相反，他有满肚子的话要说：

“我们把队伍一分为二，我和唐纳德打算去塔曼拉塞特，我要租一架直升机寻找你的下落。当然，如果还来得及的话。你不能想象我在那里团团转的样子，我在想该怎么向你父母交代……”

我看着他结结巴巴，一口气说了很多很多，既担心又欣慰。而我感觉离他的担忧多么遥远！感觉离一个个过来拥抱我、向我表示悬着的心终于放下的徒步同伴们多么遥远。

“你感到害怕吗？”他们问我。

“不害怕。”每次我都这么回答。

于是他们用狐疑的目光看着我。

我不能向他们说得更详细……首先我无法用语言来描述我在星空下的奇遇；其次我预感到在他们为我担惊受怕了一整夜，我却度过生命中的最高峰，这样的叙述一定让人难以接受和十分失礼。

大家把我安顿在两棵小灌木间的凹坑里，阿贝格在那儿为我准备好了一个柔软的床，铺了三条彩色毯子，还递给我一盆羊肉，关照我一定要细嚼慢咽。

随着水分和食物的补充，我的肉体不再那么难受，巨大的困倦向我袭来。

唐纳德宣布我们在这里多停留一个晚上，不管原来的计划了。

“真是抱歉！”我歉疚道。

“你用不着抱歉！”

“这样会拖累我们的行程。”

“在沙漠，人们总是准备好遇到意外。再说了，就如阿贝格所言：‘日子还长着呢，我们还有明天。’”

图瓦雷克人蹲在离我们十米开外的地上，正用匕首在沙地里翻找着什么。

“他在干吗？”

“他在找柴禾，”唐纳德向我解释道，“有时一株五厘米高的植物，它的根系可能有几米长。”

我看见阿贝格正在把一根藤蔓从地下拔出。在这一周里，我竟没有意识到他的壮举：他在撒哈拉大沙漠里寻找柴禾。

“你不知道昨天夜里阿贝格点燃的篝火有多么旺，”唐纳德说道，“他怎么能找到那么多可燃烧的柴禾？他点燃的可不是一般游牧者那种细细的节约的火苗，而是美国式的大篝火，是熊熊燃烧的火焰。太不可思议了……”

我微笑，想起在同一时刻我所遇见的另一些火焰。

阿贝格当场用草药煮了一碗汤剂，嘱咐我喝下去。然后在我肌肤上涂抹一层油脂样的东西。他不征求我的意见，毫不客气地照料着我。他做我健康状态的主宰并未让我感觉不自在，我筋疲力尽地听凭他摆布。

“Tanemmert，阿贝格。”

他点点头，拍拍我的额头，回到火堆边。

我打了个大哈欠，几乎让下巴脱臼，知道自己马上要睡着了。

塞戈莱娜走过来，她的表情在向我请求给她几秒钟时间。我努力撑开眼皮接待了她。

“哦，埃里克，我非常高兴你回到了我们中间。”

“我也是……”

“你知道吗，我一直在为你祈祷，祈祷了整整一夜。”

面对这令人感动的表白，泪水涌上了我的眼眶。我要告诉她吗？要不要向这个笃信上帝的女人坦承我受到的奇妙造访？我开始颤抖。

"'他'听见了我的祈祷。"她继续道。

这句补充让我有点尴尬……它撕裂了我遭遇的独一无二性，它在上帝与塞戈莱娜间导入了某种联系，甚至是某种串通。我是否应该想象是他们——上帝和塞戈莱娜正在为我准备一份神秘体验？太滑稽了……可是，我又不能认定她的祈祷一点作用都没有。

我说道：

"如果是上帝出手干预，那'他'为什么不是每次都来拯救我们？为什么'他'让某些人死又让某些人活？"

她微笑着咬了咬嘴唇。

"为什么是你？这才是你要问的问题……"

"对，为什么是我？"我大声嚷道。

"为什么是你？'他'，知道。"

我张大嘴巴看着她。快告诉她！可从哪里说起？各种念头在我脑海里纷至沓来。我们说的是同一个"人"吗？我所称的上帝是否就是她祈祷的那一位？在霍加尔山脚将我击中的那股力量像摩西的上帝、耶稣的上帝、穆罕默德的上帝或塞戈莱娜的上帝吗？我完全不知道……

"'他'知道'他'在做什么。"她总结道。

她轻轻摸了摸我的脸颊，离开了。

我像婴儿般蜷缩在被窝里，头舒服地贴着枕头。我面前耸立着塔哈特峰，耸立着它深褐色的岩石、历经岁月侵袭的粗糙岩壁。突然我记起了塔哈特就是"天空之柱"的意思……

我恼恨地意识到自己的无能。怎么，上帝给了我这样一份礼物，我却没有勇气讲述一番？太没用了！这种沉默是多么地忘恩负义……为什么要掩盖我得到的神启？上帝再也找不到比我更糟糕的见证者……

我闭上眼睛，被这缠人的念头扰乱心绪："他"是在怎样的构思中选择了我？

为什么是我？

15

驼队向着远方缓缓而行，犹如沙漠中一艘缓慢的帆船。

我大摇大摆骑在一头骆驼背上，阿贝格宣称我步行走不完剩下的路途。他把行李重新安置一番，让我骑上塔里克，一匹健硕、皮毛金色带白的骆驼……我离开地面骑上骆驼背，在移动的栖架上，观赏着周遭风光，宛如一位王子。

还有什么比骑在一头骆驼身上更优哉的呢？赤足贴着牲口的脖子，坐在高高的驼背上，完完全全跟随它的节奏，轻轻摇晃。这晃动中的舒适，却如帝王般的享受。一头骆驼，即便身背重负，也从不会摔倒。塔里克的稳健令我惊讶：无论是尖利的石块、滚烫的沙子还是打滑的卵石，都不能打乱它的步伐；每每跨越或绕开小路上的坑洼处，它柔软的脚趾便像轮胎般紧贴地面，四肢重新建立平衡。一步又一步，它的前进就是由一连串的胜利组成的。我坚信我们是必胜的组合。

休息的时候，我很遗憾地发现塔里克同我之间没有建立任何关联。它驮着我就像它驮着其他箱子一样，并不对我有额外关注。我唯一能吸引它的时刻，就是给它喂食、它狼吞虎咽之时。尽管四十八小时以来我一直停留在它的背上，但我只能充当一个临时角色：饲料桶后面的那个人。

不过这不妨碍我欣赏这种轻盈、温顺、朴实、不知疲倦的动物。它优雅的脑袋和耐心的眼神，让我的心充满柔软。我羡慕它有双重的睫毛可以阻挡风沙，吃起带有长长荆棘的刺槐来嘴角从来不会出血，别人要它走多久，它就能走多久。它抵御严酷环境的能力远远超过我们，即便它呼出的带干草味的气息，我也喜欢。当有小虫子或苍蝇落入鼻孔骚扰它，害得它低低嗥叫，然后打个大喷嚏时，我就很同情它。

我君王般缓缓前行，抛开一切烦恼，凝望着眼前的风光，浮想联翩。沙漠褐色宁静的空旷有助我的沉思，塔哈特山脚下萌发的信仰种子正在我身上生长。我心灵的蜕变，几乎能从感官上觉察到，如同一棵树的浆液生发出茂盛的叶子。

随着我们越来越接近阿塞克莱姆，景色不再那么荒凉，多条道路相互交会。有三辆吉普、一辆黄色小轿车、一辆摇摇晃晃的巴士开过……甚至还能看得清好几支驼队。

阿贝格笑着指给我看那几个呆头呆脑、缩颈耸肩、机械牵着缰绳的贝都因人，他们身后跟着一匹摇摇晃晃的骆驼。

“你知道阿贝格给驼队的定义是什么吗？”唐纳德问。

“不知道……”

“两头拴着牲口的绳子！”

阿贝格把我看作朋友。我的走失、回归、力竭让我们之间有了可以持续几周的默契，开启了友谊的闸门。

他表现得既热情又羞涩。在图瓦雷克人的习惯中，他们不表达感情，而是用行动来证实。他不对我说“祝你好胃口”，而是为我奉上一餐；他不说“我爱你”（riqqim），而是用永远的好心情，用一连串的玩笑，用对我健康的殷切，用对我无微不至的照料，来表现他对我的依恋。

每次休息，我们就像喜鹊般叽叽喳喳说个不停。我不再关注我们的不同语言，我倾听他猜测他词语的意思，我自己也毫无保留地滔滔不绝。

我腕上的手表让阿贝格很感兴趣。它的磨损、它的精致、它的厚重都让他着迷。他很惊讶我没把手表调准时。

“时间，我可以估摸到，用不着每天费力给手表上发条。”

“那你为什么要戴手表啊？”

我向他解释说这块表是我外祖父法朗索瓦留下的。他过世后的二十年里，我失眠，每天靠阅读和听音乐来度过漫漫长夜。除了他遗嘱中留给我的这块手表，文化是他给予我的最终财富。我对他有无尽的感激，总是随身携带一份他的纪念物。

阿贝格点点头，指给我看他从不离身的一串护身符，详细给我讲述它们的每一个故事。我承认这些故事一大半是我的想象猜测而不是真听懂。我们俩关系的魅力正好受益于彼此语言不通时所注入的幻想。

在这两天里，时间流逝，我思考了许多。端坐于驼鞍之上，离地三米高，我保持着默默祷告。

我期待可以习惯于这种快乐。

因为这就是那神奇之夜的结果：真福。

我思索着自己投身哲学的那些岁月。受海德格尔影响，这些年我一直关注焦虑问题。这种本质上的触动，甚至被当代思想者认为是思维的根基。在我进入沙漠的第一夜，这种焦虑就刺向了我。

如果说焦虑将我从世界抽离，却并未将我置于上帝面前。相反，它进一步判决了我的孤独和狂妄，促使我成为这不思考的宇宙中唯一的思考者。

与焦虑相反，喜悦让我融入世界并与上帝面对。喜悦引导我走向谦卑。靠着喜悦，我不再感觉孤单和怪癖，而是丰富与和谐。维系全能的那股力量同样在我身上攒动，我扮演了它临时链环中的一环。

如果说焦虑让我过于自大，喜悦则将我带回恰当的比例：不是我自己的伟大，而是降临我身上的那股力量的伟大。无限构成了我有限思维的底部，就如盛放了我灵魂的一只碗。

穿过几道阴影下的峡谷后，我们来到了阿塞克莱姆。几根巨大、警觉的褐色横纹石柱，默默守护着多石的高原。我们上升到海拔两千米。

为了逃离低地肆虐的酷暑和干旱，图瓦雷克人夏天经常赶着牲畜群来这里躲避。夏尔·德·福科在这里的山顶上造了一间乡舍。

“你能想得到吗？阿塞克莱姆的一间乡舍……”

热拉尔眯起眼睛，神情快活，很高兴行走在他未来的电影取景地。

我没像他那么急迫，我对旅行的观念发生了改变：抵达终点也许比放弃收获得要少。出发，不是去寻找，而是离开一切：离开家人、邻居，离开习惯、欲望、见解、自我。出发的唯一目的就是将自己交付于陌生、未知、无尽的可能，甚至是不可能。出发意味着丧失自己的参照、掌控、自以为是；出发意味着挖掘自身异乎寻常的潜力。真正的旅行者没有行李也没有目标。

“真是个了不起的家伙，这福科！”看到进入阿塞克莱姆的道路如此艰难，热拉尔不禁感叹道。

对于夏尔·德·福科，我现在明白了自己为什么没有像热拉尔那样急迫，因为我们的相遇已经发生！福科想要对我说的，已经在塔哈特山脚下向我揭示。

我带着眩晕，审视着一年来发生的一切，命定的是哪一部分，偶然的又是哪一部分？

几个月前，夏尔·德·福科以待写的电影剧本的形式进入我的生活；几个星期前，他推动了我这次远行。从来到阿尔及利亚的第一天起，他在我们的行进中就代表了 α 和 Ω，因为我们是从他在塔曼拉塞特的城堡出发来到他在阿塞克莱姆的乡舍。而现在我的命运与他的命运以一种私密的方式相互交织……

夏尔·德·福科，本是个花天酒地和热衷社交的人，十月的一天在巴黎奥库斯汀教堂，他遭遇了一次神秘的神启。

作为回响，我刚刚在霍加尔山脚下经历了同样的神启。

他那年二十八岁。

我也二十八岁。

在那次神启后，夏尔·德·福科顺服了。

我也正在这么做。

没什么相似，一切却趋同。

1886 年 10 月，醒悟了的年轻军官朝巴黎一座崭新的教堂走去，去见于弗兰神父，祈求宗教课程。“先生，我没有宗教信仰，可是我却被它深深吸引，尤其在我去伊斯兰地区旅行后。您可以教导我吗？”神父用异乎寻常的方式接待了这位无神论者。“跪下，向上帝忏悔，你就会有信仰。”福科辩解道：“您误会了。信仰，并不是我要寻找的……”“跪下！”神父厉声道。福科照做，然后叙述他的种种劣迹。随着倾吐，他越来越慌神。“你是空腹吗？”“是的。”“过来领圣体！”拿着圣餐面饼，夏尔·德·福科彻底领受了神的光耀。

是他在一百年之后诱使我来到沙漠，面对上帝？他也是求情者之一吗？

我有时阻止自己去思考，因为我思索的事深深困扰着我，与我的理性主义哲学相去甚远。然而我总是情不自禁回到那个令人震惊的夜晚，回到那之前的几个小时……我记得我迫不及待地独自朝山下冲，十分急躁：这是去赴约前的潜意识或是一种预感？

偶然性真的存在吗？难道这不是那些想否认命运的人给真相贴上的标签？

阿贝格宣布说我们在阿塞克莱姆山脚下扎营，愿意的人可以今天晚上爬山看黄昏，其他人等待明天。

“你怎么打算？”他问我。

“同你一样。”

他朝我挤挤眼睛，开始照料牲口，生火煮茶，随后示意我跟上他。

我们一直爬到一个岬角。

放眼四望，眼前一侧是平原，一侧是起伏的山峦。大自然用它的巨型管风琴奏响一曲交响乐。为了陪伴这庄严的景色，大自然变幻出一道道彩霞，为天空抹上罕见的色彩，从交织着微蓝的橙色到宝石蓝和意大利帕尔马堇紫，最后是厚重的紫色。

阿贝格确认我坐踏实了，不会有摔下去的危险后，走到稍远处在他的毯子上祷告。我对于他这种行为的看法发生了变化，我开始理解他。匍匐在地，阿贝格屈从于无限，回归到一个转瞬即逝之物的卑微位置，自我净化人类的狭隘和愚痴。他感恩，感谢上帝的存在，向上帝祈求力量让自己变得更好。

这种精神洗涤，我从此也有需要。我有些羞涩地、怯生生地开始我生平的第一次祷告。我不知道该怎么做……本能地模仿。我跪下来合掌对着暮色祷告。

一开始许多念头相互撞击，我只想着自己，我是中心。随后，仿佛祷告本身制服了我的祷告，我开始放松，放下我的欲望、指责或抒情，变得半透明和轻盈，我放空了自己。在上帝面前表示谦卑，我感受到一种并非来自我自己的宁静。

突然，阿贝格的手按住了我的肩头。

见到我的虔敬，他尽可能久地等待我。但天黑了，他提醒我该下山了。

我感觉他很高兴我们分享了这样的时刻，尽管他按着伊斯兰教的规矩祷告，而我的祷告好像不属于任何宗教范畴。

回到火堆旁，我从背包里掏出一本书，我在书里夹了一些抄录的句子。我手指颤抖地打开我寻找的那张纸片，我是否已经猜到？

借着红色火苗的微光，我默念着八个月前抄下的句子：

我把自己交付于你，

把我塑成你喜欢的模样。

无论你对我做什么，

我都感谢你。

我准备好了领受一切，

为了让你的意志作用于我，作用于你的一切造物。

我别无他求，我的上帝。

我把我的灵魂交于你手。

我把它交于你，我的上帝，带着我全身心的爱，因为我爱你。因为毫无保留，带着无限信任地献出我自己，交于你手，是我爱的需要，因为你是我的天父。

夏尔·德·福科写下了这篇献身祷告词。我在寻找资料的过程中发现了它并抄录下来，因为我从中看到了一种对我如此陌生的精神世界之精髓。

而今天每一句话都让我共鸣，我赞同每一个单词。感谢、惊叹、崇敬。

我不禁一阵战栗。

我还记得六月我抄下这篇文章的那一天，我是否意识到那是在准备赴一场约？肯定没有。我是否发出了一个穿越时间而我不知其射程的信号？肯定是的……我的手，我以为自由的手，不过是命运的工具而已。

我重新叠好纸片，放入衬衫口袋，发誓要一直放好，那时我还不知道记忆提供的存档更为可靠，尤其关于祷告……

刺槐明亮的火焰噼啪作响，我闻到了炖肉的香味，开始流口水。

在霍加尔的这趟徒步是一场多么奇特的旅行啊：我以为要去某个地方，到达的却是另一处。多么美妙的被操纵！我被一只胸有成竹的大手拨来拨去。

16

“你的国家有沙漠吗？”

“没有。”

吃惊，阿贝格盯着我。

“真的？”

因为我点头确认，他叹了口气。

“那你怎么办呢？”

我明白他的意思，就是说：那你怎么进行思考呢？内心生活需要外部的空无来加固。在那儿你能感觉到自由吗？大自然能用它的力量让你震撼吗？你会凝望、欣赏大自然吗？你到哪里去敬仰大自然的纯洁？在一个只有人类的世界里，你能找到自己的位置吗？在成千上万的人和物中间，你不会感到窒息吗？如果你想撤离、想体验存在的乐趣，你能躲到哪里去呢？

我指指天空，作为回答……

他懂了，微笑，放心了。我有自己的沙漠！

我不愿向他挑明说，欧洲多云、被污染、被城市贪婪的灯光攻击的天空，不像他那里的天空那样经常显现……阿贝格肯定会为我难过，我要让他免受折磨。

当人们喜欢上一些人然后又要离开时，会有一种隐秘的不舍。淡淡的忧伤笼罩着阿贝格、骆驼和四周的景色。在这最后一天，我已提前感觉到了思念……

我们在空地上等待来接我们去塔曼拉塞特的吉普车。卸下重负的牲口，享受着刺槐浓密的树荫，嚼着长高的茅草。徒步者们懒洋洋地坐在自己的背包旁，大多数人进入昏昏欲睡的午休状态。唐纳德结束了他的导游任务，正在整理游客的评估和反馈。

阿贝格有些茫然地仰身往后弯弯腰。

“我不知道会不会喜欢你的国家……”

我觉得他肯定不会喜欢我的国家。面对充斥的物质，他肯定会生出与我们面对撒哈拉的匮乏时一样的恐慌。不过我有什么权利小看他呢？

我朝他手中塞了一张早就写好的纸片。

“如果你来欧洲，给我打电话。我会像你照应我一样照应你。”

他接过纸片，激动之情写在脸上。他跟我一样清楚，他不会去我们的大陆，但他很珍视我的这个动作。作为感谢，他摸摸自己的胸口，摸摸我的胸口，随后把我的联系方式放入他宽大的蓝色长袍中。

我咬住嘴唇。我是多么怨恨自己的伤别离！经历过这次奇遇，我本该有足够的智慧来接受事物的短暂即逝。

“你在巴黎有房子吗？”阿贝格问我。

“没有。”

我的回答让他很满意。他觉得我就该如此。一名游牧者知道一切都会磨损，房子的墙也一样。永远不会磨损的，只有无尽的空间。所以我没有告诉他其实我租了一间破旧的小阁楼。

“阿贝格！我的朋友。”

四名图瓦雷克人冲了过来。看到朋友，阿贝格站起来欣喜地迎向他们。

我端详着躺在我脚边干枯树莓下一条死蜥蜴半透明的皮肤。

我的国家……我有国家吗？现在我知道了我既无来处也无去处，我在流浪。

我遥望天顶的太阳。

我的国家？

沙漠就是我的国家，因为这是无国籍人类的家园，是抛开所有羁绊的真正人类的家园，是上帝之国。

噢，一棵蒺藜科的树！

托马在一棵长满棘刺、树皮皲裂的灌木前欣喜若狂。塔里克，我曾经的坐骑，咬下了一根枝条。

“一棵沙漠椰枣树。”他向我们解释说。

托马继续他的工作，在一个文件夹里夹上一小块实物。不管是矿物、植物、动物乃至昆虫，他统统要编造清册……他用一种难以遏制的热情，来命名他的收集物，仿佛他要驯服、掌控和管理这丰富的世界。在这份百科全书似的热情下，我辨别出一种无声的焦虑。清点无限，不就是在拒绝无限？登录卡片、勾勒轮廓、记录、测量、限定，不该有什么东西能超出他的认知，让他感到惊讶。说到底，他是在忧虑大自然无边的丰富，忧虑大自然不断的创造。那情形就像赌场的赌徒声称可以驾驭随机性，指望能凌驾其上。他狂热的统计对于无限性根本于事无补，但他否认这一点。

我采取相反的态度：我环顾四周不是为了记住，而是为了放下。对于每个存在物、每个元素、每道风景我尽力抓住被人们提及之外的那些东西。实际上我在用空来填充自己。

谁有理？

没有谁……

每个旅行者都在回应逃离的召唤，逃离啃噬自己的那些烦恼。

热拉尔因此在阿塞克兰姆修葺过的福科乡舍里待了很久。他在想些什么呢？通过诸多侧面，我开始意识到他就像个流浪者：在巴黎奥德翁附近，他更多的是穿过自己斯巴达人式的公寓，而不是居住。家里铺满黄色地毯，除了一张床和一个书桌，几乎无其他家具。他的物品都躺在搬家用的纸箱里，他总是在拍摄或在拍摄的路上，只带两三套实用的换洗衣服，一点不在乎物质享受。因此这位无神论者被夏尔·德·福科的吸引属于另一种性质。

塞戈莱娜，她会花好几个小时参与耶稣兄弟会的活动。今天早上，她同天文学家让-皮埃尔之间爆发了一场争吵，因为后者无法克制自己对宗教的嘲讽，而她则像只好斗的公鸡与他针锋相对。我见证了他们的争吵但没有介入……可是经过那个夜晚后，我本应感觉站在女信徒一边，反击无神论战士。实际上我觉得自己两边都不属于：他们纠缠于简单的结论——信或是不信，表现出对自己观点的不容置疑。两个人谁都不能忍受观点的展开、怀疑或设问。通过确认自己的选择，他们不愿意去思考，而是结束思考。他们只关心一件事：从疑惑中得到解脱。死板的气息僵化了他们的思维。

阿贝格正与朋友们热烈地交谈着，我趁机凑近他的长袍，迅速将他十分喜欢的那块手表偷偷塞入。他大概会在我离开后才发现，同时我在心里请求外公的原谅，向他保证那个图瓦雷克人会每天给手表上发条，在每日的晨祈完毕后。

“哎哟喂，我的脚趾……太惨了……从没见过这样子……”

马克和马蒂娜，一星期前进入撒哈拉沙漠时叫苦连天的两个人，相互按摩着双脚。在他们眼里，这趟徒步也就止于盯着一个个困难，克服了一连串障碍，仅此而已。所经历的考验并没有改变他们什么，他们带回去的纪念品就是照片、脚底的水泡和日晒。沙漠汇集了让人感觉无聊的一切元素：孤独、活物的消失、单调、贫乏、寂静。他们毫无顾忌地张扬着即将回归自己世界的幸福。他们高兴的不是来到沙漠，而是进来后能毫发无损地回去。他们对自己很满意。

“那些吉普车会来吗？”马蒂娜喊道。

“来这鸟不拉屎的地方，真的值得吗？”她丈夫附和道，“司机真的知道地点、日期、时间？”

“快别说了，我担心死了！……”

他们在比赛自己吓自己。在徒步过程中，他们永远在等待着最糟糕的情况，尽管时常被证明错了，他们依然充满焦虑。结果，每当一些问题得到解决，他们不是感到高兴，仅仅是感到松了口气。

“真的，这些吉普迟到了……”

他们在担心汽车迟到，我则担心它们突然出现。

想到要离开霍加尔，我就有些脆弱。随着时间的流逝，随着塔哈特峰的远去，我带着审视的目光重新看待我在星空下的那个夜晚……我是不是结论下得太快了？我是不是以一种神秘——宗教的方式来解释一些纯粹的躯体现象？饥渴、力竭折磨躯体导致我出现了谵妄？我记忆中的这份绝对的欣快感，会不会是我下丘脑释放的内啡肽？我以为窥见的这份“信”，会不会是我神经系统的化学催生被披上信心的精神外衣，以让我克服恐惧和疲惫？

对于我那神秘之夜的物质化解释不断涌现，越来越多，越来越具体，越来越不落俗套。我可以随便找出一堆解释，因为哲学家的职业让我拥有足够的材料并自我打气。如果说我从塔哈特高原回来后什么也没说，不是因为羞怯或词汇匮乏，而是因为我的一部分理性怀疑我的叙述将会陷入荒诞。

但是……

一旦我大脑中的贬损机能停止，我将重新找回喜悦、平静和福乐。

我离开沙漠后还会剩下些什么？我的神启会不会受到岁月的磨损？我的信仰在我穿过国境线后会不会衰减？

“吉普车来了！”

马克和马蒂娜欢呼起来。大家都起身背上包走向吉普车。

阿贝格站在我面前，我们默默凝视良久，我们都知道我们应该永远不会再见了。

他微笑，我也报以微笑。

在这份道别中，尽管激动的情绪潮湿了我们的双眼，喜悦还是战胜了忧伤：我们用我们的相遇之幸取代离别的痛苦。

他用手按住我的肩头，清澈的眸子看着我。尽管今天我已不能确定他是说了或是他没说出来但我却听见了，他给了我撒哈拉人最后的忠告：

不要忘记那难忘的一切。

跋

从撒哈拉沙漠那次长途跋涉到我今天的叙述，整整过去了二十五年。我的信仰经受住了环境变迁、时间流逝，仍在不断生长。沙漠中的涓涓细流，已成为宽阔的大河。这，就是源头的力量。

长久以来，我一直秘密持有这份信仰，它在无声地改变着我。当信仰开挖自己的河床，我对世界的感受也日趋丰富：我阅读灵性拨动者们的书籍，无论东方的还是西方的；我从院子深处隐秘的小门进入宗教大花园，那是神秘诗人的门，那些生活在野外的人们，远离教条和机构，他们的感受远胜他们的表达。以人文主义看待民众信仰，更增添了那种内在火焰，我愿与所有时代、所有地区的人们分享那种火焰。博爱被编织，世界被拓宽。

从霍加尔回来后，自童年时代就沉睡于我体内的作家幼虫，在书桌前蠢蠢欲动，成为它所经历故事的誊写人。我出生了两次：一次是1960年在里昂，一次是1989年在撒哈拉。

从此，长篇小说、戏剧、中篇小说、短篇小说接踵而至，在祥和的天空下从我笔端流淌，有时写得有点难，大部分时候很容易，总是饱含激情。接受神启的那个夜晚协调了我和我的一切：我的身体、心灵、理性同心协力而非各行其道。这份体验赋予了我一种正当性：如果才华仅用来服务自己，除了想着被承认、被欣赏和获得掌声外，没有其他目标，这样的才华是虚妄的。真正的才华应该传递一些超越才华、引领价值观的东西。如果说我有幸在某个夜晚成为某种启示的接受地，那在我眼里我就有权说几句。

我很害怕人们会误解我的心里话……不，我从来不认为自己是先知或是被神启的人；不，我从不认为自己是上帝的代言者。相反，我自认有愧于我所得之恩泽，为此贡献我全部的余生，都不足以让我配得上这份恩赐。

然而，像每一个真正的人，我不弄虚作假：我从我的灵魂出发，生活和写作。而我的灵魂见过光明——并且还在继续见着，包括穿过最幽深的黑暗时刻。

我一直守着那一夜的秘密，直到有一天，一名记者着实惹烦了我：“为什么你的作品中总是洋溢着对生活的如此之爱和如此平和？”她反反复复问道：“你可以把一些悲剧性的题材处理得既无奉承，也无夸张，更无绝望。是什么奇迹让你做到这样？”我认识这位女记者，也很认可她，知道她是新教教徒。在她锲而不舍的追问下，我终于承认我在塔哈特山脚下认识了上帝。

“你还会重返那里吗？”她试探道。

“重返……为什么？”

一次，足矣。

一份信仰，也足矣。

当人们遭遇不可见事物的召唤时，人们试着应对这份礼物。

在神启中最让人意外的是，尽管启示显而易见，但你仍可以保持自由。自由地对所发生之事视而不见，自由地回放事件，自由地绕开，自由地遗忘。

在遇见上帝之后，我从未感觉如此自由，因为我依然拥有否认它的权利。在被命运操纵过后，我从未感觉如此自由，因为我仍可以躲避到对于偶然性的迷恋中。

一次神秘体验也是一种矛盾体验：上帝的力量并没有摧毁我自己的力量；我与上帝的接触并不妨碍后来自我的呈现；不容置疑的强烈情感丝毫不会抹去理性的

慎思。

“理性的最后步骤就是承认存在超越理性的无穷性。理性如果没有达到那一步，它就是虚弱的。”但理性不会主动谦卑，必须推它一把。最出色的理性主义者、哲学家、数学家，智慧超群的帕斯卡[1]，也不得不在1654年11月23日，缴械投降：在接近子夜时分，上帝击中了他，从此他的一切存在被揭开了意义。他把有关这个夜晚的晦涩记录称为“火夜”，随身携带并藏在外套夹层中。

“信仰与见证不同，一个属于人类，另一个来自上帝的馈赠。是心灵感受上帝而非理性感受上帝；上帝对心灵敏感而不是理性，这就是信仰。”

在我的那个撒哈拉之夜，我并没有得知什么，我只是信。

提及信仰，现代人必须表现得十分严谨。如果有人问我：“上帝存在吗？”我的回答是：“我不知道。”因为在哲学上，我属于不可知论者，这是对于理性唯一站得住脚的部分。不过我会补充一句：“我想可能是存在的。”信仰与科学根本不同，我不会将二者混淆。我所知的并非我所信的，我所信的永远不会成为我所知。

---

〔1〕帕斯卡（Blaise Pascal，1623—1662），法国数学家、物理学家、哲学家和散文家，1653年提出了著名的“帕斯卡定律”。

面对上帝是否存在这样的疑问，有三种诚实的人。信主的人会说，“我不知道，但我相信上帝存在”；无神论者会说，“我不知道，但我不相信上帝存在”；无所谓的人说，“我不知道，我才不去操这份心”。

而欺诈始于那些声称“我知道！”，言之凿凿，“我知道上帝存在”或者“我知道上帝不存在”的那种人。他突破理性的能力，陷于原教旨主义——宗教原教旨主义或无神论原教旨主义，选取灾难性的狂热之路和死亡前景。这种确信只会留下一地尸体。

我们的时代与过去一样，人们以上帝的名义杀戮，所以千万别混淆了信仰者与招摇撞骗者：上帝的朋友是那些寻找上帝的人，而不是那些声称找到了上帝并以上帝名义说话的人。

信仰者的信心提供了一种安放神秘的方式。就如无神论者的焦虑一样……神秘，也会继续存在下去。

随着年龄渐长，我越来越意识到不可知论处于被多数人拒绝的位置。人们总想着要知道！然而只存在“有信仰的不可知论者”“无神论的不可知论者”以及“冷漠的不可知论者”。无数人执意于混淆信仰与理性，拒绝精神世界的复杂性，简单化诸事万物，将非常个人化的情感转换成普遍真理。

我们应该承认和培养我们的无知，和平的人文主义值得这个代价。我们所有人，只有在无知的时候才是兄弟姐妹，而不是在有信仰的时候。只有以共同的无知的名义，我们才能容忍区分我们的那些信仰。对于他人，我首先应该尊重他与我相同的部分，即他想知而不得知的那部分；然后，以相同部分的名义，我尊重他的不同部分。

在经历了我的那个火夜，回到我们在沙漠枯河的露营地后，我非常糟糕地解读了塞戈莱娜向我承认她向上帝祈祷解救我出困境一事。我感到气愤的是（现在依然会）在出现不公或有灾难时，上帝并不对每个人都出手相救！因此上帝并不是人类的拯救者，他只是建议人类思考自己的永福。

这篇叙述也许动摇了某些人，但不会说服任何人。我对此有清醒认识，并为此而难过。有多少次我想把滚烫着我的信心传递出去？面对困惑着的朋友或绝望的陌生人，我多么希望向他们展示我的说服力！可惜，我没有传染性。唯有理性证据才能让人心悦诚服，而不是经验。我只能让人感受，我无法证明，我满足于见证。

在书写这些篇章时，我颤抖、狂喜、迫不及待、屏息静气、兴奋喊叫，激动到行动困难，以至写这本书让我进了两次医院……那一夜的火取之不尽，继续重塑着我的身体、灵魂、生活，就如一位至尊的炼丹术士，不会抛弃他的杰作。

在大地上的一夜，让我的整个存在充满喜悦。

在大地上的一夜，让我预感到了永恒。

一切开始了。